# Un hijo

# UN HIJO

## ALEJANDRO PALOMAS

**PREMIO NACIONAL DE LITERATURA
INFANTIL Y JUVENIL 2016**

laGalera**joven**

Primera edición: marzo de 2015
Segunda impresión: abril de 2015
Primera edición en esta colección: octubre de 2016
Segunda impresión: febrero de 2017

Diseño gráfico de la portada: adaptación sobre un diseño
de Mariano Rolando
Fotografía de la portada: "Free your mind" de Catrin Welz Stein
Ilustraciones del interior: Teo

Esta novela ganó el Premio Joaquim Ruyra 2014

Edición: David Monserrat
Dirección editorial: Iolanda Batallé Prats

Casa Catedral®
Josep Pla, 95 - 08019 Barcelona

facebook.com/lagalerayoung
twitter.com/laGaleraYoung
instagram.com/lagalerayoung

Impreso en Limpergraf

Depósito legal: B-21.142-2016
Impreso en la UE
ISBN 978-84-246-5969-1

*Para Angélica, que no se nos olvide.*

*Para Rulfo, porque me enseñas a medir a diario
la ética con el corazón.*

El camino es el mismo para todos.
El destino también.

I

# EL PRINCIPIO DE TODAS LAS COSAS

# Guille

TODO EMPEZÓ el día que la señorita Sonia preguntó una cosa. En las ventanas había un sol amarillo muy grande y las hojas de las palmeras se movían como cuando papá se despierta temprano y me dice adiós con la mano en la puerta del cole, y como es invierno lleva puestos los guantes verdes.

La señorita Sonia se levantó de su mesa, que es la del profesor porque es la más grande, y dio un par de palmadas que llenaron el aire de tiza. También tosió un poco. Nazia dice que es por la tiza, que te deja la garganta como si te comieras un polvorón y se te quedara la saliva seca, y a veces, si no bebes agua, te vomitas encima.

—Ahora, antes de salir al recreo, quiero que me respondáis a una pregunta, niños —dijo. Luego se volvió hacia la pizarra, cogió una tiza roja y escribió con letras muy grandes:

QUÉ QUIERO SER DE MAYOR

Enseguida levantamos la mano. Todos, hasta Javier Aguilar, que solo tiene una, porque la otra no salió cuando nació, y la mueve así en el aire, muy rápido. La señorita dijo que no con la cabeza una y muchas veces, más de cinco.

—Por orden, niños.

Empezamos por la primera fila y seguimos hasta la última, que es donde me siento yo. La seño apuntó en total:

Tres futbolistas del Barcelona, dos del Madrid, uno del Mánchester y un Iniesta

Seis Rafa Nadal

Dos modelos muy altas

Una princesa (Nazia)

Un médico rico

Tres Beyoncés

Un Batman

Un piloto de nave espacial de videojuegos

Dos presidentes del mundo (los gemelos Rosón)

Una famosa de las que salen en la tele por la noche

Una veterinaria de perros grandes

Una ganadora de *La Voz Kids*

Un campeón del mundo en las olimpiadas

Cuando me tocó a mí, Mateo Narváez se echó un eructo y todos se rieron, pero enseguida se callaron porque a la señorita no le gustan nada los eructos ni los pedos, y puso la cabeza así y dijo: «Chsssttttt, Mateo» dos veces.

Y luego me miró.

—¿Guillermo?

Nazia me dio un codazo y se rio, tapándose la cara con las manos. Siempre se tapa la cara porque dice que en Pakistán, si las niñas se ríen en alto y con la boca abierta, está mal y los padres se enfadan.

—A mí... a mí me gustaría ser Mary Poppins —dije.

La señorita se puso la mano en el cuello y me pareció que a lo mejor se había acatarrado y que le dolía la garganta, aunque no me dio tiempo de preguntar porque enseguida sonó la campana y empezamos a sacar los bocadillos de las mochilas para salir al patio.

—Tú quédate un momentito, Guillermo, hazme el favor —dijo. Y después—: Los demás, podéis salir.

Cuando todos se fueron, la señorita vino hasta mi pupitre y se sentó en la mesa de Arturo Salazar, que no viene a clase desde antes de Navidad, porque un día fuimos de excursión a un museo donde guardan muchos planetas y se cayó por una escalera y se rompió una pierna, cinco dientes y dos dedos.

—A ver, Guillermo, cuéntame eso de que te gustaría ser Mary Poppins cuando seas mayor... —dijo.

No contesté porque Nazia, que muchas tardes se sienta en la caja del súper con su madre y sabe muchas cosas de la gente mayor, dice que cuando los clientes acaban la frase así, como para arriba, es que no han terminado de hablar y hay que esperar porque están pensando.

—¿No preferirías ser... otra cosa? —preguntó la señorita, tocándose la peca que tiene a un lado de la boca.

—No, seño.

La señorita Sonia hizo «bfffff» por la nariz y sonrió. Entonces me acordé de que mamá me había dicho que, a veces, cuando las personas que no son niños se callan, no es que hayan terminado de hablar, sino que paran para no ahogarse o algo, ahora no me acuerdo, así que seguí sin decir nada.

—Y dime, Guillermo —dijo, sacando el aire por la nariz como el gato de la señora Consuelo, que era la portera de casa antes de que nos cambiáramos al piso de ahora—. ¿Por qué te gustaría ser Mary Poppins?

—Porque vuela, seño.

La señorita hizo «mmmm» y luego se rascó la frente un poco.

—Pero los pájaros también vuelan, ¿no?

—Sí.

—Y tú no quieres ser un pájaro, ¿verdad que no? —dijo.

—No.

—¿Por qué no?

—Pues... porque si fuera un pájaro, no podría ser Mary Poppins.

La señorita volvió a echar el aire por la nariz y como no dijo nada más, nos quedamos callados otra vez un rato largo. Luego arrugó la boca hacia un lado, como hace papá a veces, y carraspeó.

—Y dime —dijo—: ¿por qué más cosas te gustaría ser Mary Poppins?

—Pues… porque tiene un paraguas que habla y una maleta antigua de la que salen muchos muebles gratis… y poderes para que los cajones se ordenen solos… y porque cuando no está trabajando vive en el cielo, aunque también bucea en el mar con los peces y los pulpos.

—¿En el cielo?

—Sí.

La seño cerró los ojos muy despacito. Luego me hizo así en la cabeza, como despeinándome bastante.

—Guille —dijo—. Tú sabes que Mary Poppins es… mágica, ¿verdad que sí?

—Claro.

—Quiero decir que no es como nosotros.

—Sí.

—Lo que quiero decirte es que Mary Poppins es un personaje de cuento, como Superman, o como Harry Potter o Matilda… o Bob Esponja. O sea que existen, pero no existen. ¿Lo entiendes?

—No.

—Pues que no son como nosotros porque solo existen en la fantasía —dijo. Y también—: O lo que es lo mismo: no podemos tocarlos porque son… inventados.

—Mary Poppins sí que existe.

—¿Ah, sí?

—Sí.

Me miró y sonrió un poco.

—¿Y dónde está?

—Ahora no lo sé, pero vive en Londres, porque allí hablan inglés. Yo la conocí. En agosto, cuando lo del puente de la Virgen, mamá y papá me llevaron de viaje a verla. Vivía en un teatro con sus animales y cantaba. Y cuando terminó y todos se fueron, nos dejó entrar en su habitación y me contó cosas.

La seño se tocó la peca.

—Ajá —dijo. Y después—: ¿Cosas como cuáles?

—Es que son un secreto, seño.

Entonces sonó el timbre que dice que ya llevamos la mitad del recreo gastado y la seño se volvió a mirar el reloj grande que está encima de la pizarra.

—Ya —dijo. Se quedó callada como si pensara muy seria y luego se dio la vuelta—. Bueno, ahora sal al patio. A ver si no te va a dar tiempo de comerte el bocadillo. —Mientras yo guardaba los libros en el cajón y sacaba el bocadillo de la cartera, ella se fue a su mesa, se sentó y se puso a escribir una cosa en su libreta y yo salí al pasillo. Nazia me esperaba delante de los lavabos. Cuando llegué, me dio la mano y me dijo:

—¿Por qué has tardado tanto?

—Por nada.

—¿Te ha castigado la seño?

—No.

—Ah.

Se apartó un poco el velo rosa de la cabeza y tomó un poco de zumo. Y también dijo:

—Vamos, corre. Quiero enseñarte una cosa.

# Sonia

TODO EMPEZÓ la tarde en que decidí hacer la llamada que llevaba posponiendo desde hacía unas semanas.

—Me gustaría hablar con usted de Guille, señor Antúnez —le dije al hombre que me escuchaba al otro lado de la línea. Se hizo un pequeño silencio y enseguida él quiso saber más, pero me limité a aclararle con un tono suave aunque firme—: Si no le importa, preferiría comentarlo con usted en persona aquí, en el centro.

Quedamos en vernos un par de días después. Cuando Manuel Antúnez llegó al colegio, era el turno del almuerzo de los más pequeños y el alboroto procedente de los comedores de la planta baja se oía desde el pasillo. Le esperé en la sala de profesores. Después de estrecharnos la mano, le hice pasar a un despacho más pequeño que tenemos reservado para las entrevistas con los padres. Manuel Antúnez es un hombre joven y corpulento, de poco más de treinta años, pelo negro, barba descuidada, ojos oscuros y un poco achinados, los brazos fuertes y unas manos grandes de uñas cuadradas. Cuando estuvimos sentados, no se anduvo por las ramas.

—Usted dirá —dijo.

Decidí ser igual de directa.

—Pues verá —empecé—: le he llamado porque estoy un poco preocupada por su hijo.

No pareció extrañarle. En realidad, todos los padres saben que cuando los llamamos a una reunión es porque algo no va bien y suelen venir entre expectantes y a la defensiva, algunos incluso con miedo. Según había podido leer en la ficha de Guille, Manuel Antúnez es mecánico aeronáutico. La ficha también añadía un paréntesis: «(en paro reciente)». Cuando le miré a los ojos, me parecieron tristes.

Antes de que él pudiera decir nada, preferí adelantarme:

—He pensado que quizá podría ayudarme a... descifrar algunas cosas de Guille —empecé.

Arqueó una ceja.

—¿A descifrar? —preguntó, pillado un poco por sorpresa. Enseguida soltó una carcajada seca que no consiguió disimular esos nervios tan típicos de muchos padres cuando vienen a verme durante el curso—. Vaya —continuó, mesándose la barba—. Eso suena casi a detectives, o a serie de polis americana.

Me di cuenta de que no se sentía cómodo e intenté que se relajara.

—Lo que quiero decir es que quizá pueda ayudarme a entender mejor a Guille.

Asintió, a la vez que bajaba durante un instante los ojos. Le sonreí y eso pareció tranquilizarle, porque también él sonrió, aunque tímidamente.

Enseguida vi en la suya la sonrisa de Guille. La mirada era sin embargo muy distinta. En la de Manuel Antúnez había una especie de tristeza que Guille no tenía. O quizá fuera melancolía.

—Vale —dijo, pasándose otra vez la mano por la barba—. Cuente conmigo.

Inspiré hondo antes de volver a hablar.

—Ante todo quiero que sepa que Guille es un niño estupendo y nada problemático. Al contrario: su actitud en clase es inmejorable. No hay déficit de atención, es activo y participativo, optimista, muy entusiasta y tiene valores que pueden aportar cosas muy válidas al grupo.

El señor Antúnez inclinó la cabeza a un lado y también suspiró, pero no dijo nada. Esperé. Por fin, pareció reaccionar.

—Sí, Guille es un niño… especial.

—Usted lo ha dicho —dije—. Esa es la palabra: especial.

Noté que se le arrugaba la frente y que tensaba el gesto. Una vez más, hubo algo en su mirada que me puso en alerta. Enseguida vi que su «especial» y el mío no eran la misma palabra. No, no tenían nada que ver.

—No se preocupe —dijo con una mueca de irritación—. Ya sé lo que va a decirme: que es un niño muy sensible, que solo se junta con las niñas y que en vez de jugar al fútbol o al baloncesto en el patio como sería lo normal anda por ahí leyendo cuentos de hadas y todas esas bobadas.

Me tensé. No me gustó su tono de voz. El mensaje tampoco.

—No hace falta que me lo diga —añadió con el mismo tono desagradable, levantando una mano y enseñándome la palma—. Ya nos lo dijeron en la otra escuela. Y también que los demás niños estaban empezando a hacerle el vacío, eso cuando no había alguno que se reía de él. —Me miró desafiante. Luego una sombra le veló la mirada—. Es cosa de su madre. Desde pequeño, Guille ha estado siempre demasiado pegado a sus faldas, y bueno... de ahí viene lo de «especial», como usted dice.

Quise cortarle, pero no me dejó.

—Pero eso es pasajero. Ahora que estamos los dos solos, hemos empezado a pasar más tiempo juntos y a compartir más cosas. Ya sabe, de hombre a hombre... Así que si lo que quiere decirme es que Guille es... un poco rarito, se lo puede ahorrar, porque mejor que yo no lo sabe nadie y ya le estoy poniendo remedio.

Tuve que tragar saliva para contener la ira. En ningún caso me había preparado para una situación como la que tenía delante. Manuel Antúnez estaba muy lejos de la imagen que yo me había hecho del padre de un niño como Guillermo. En cuestión de minutos, la sorpresa había dejado paso al asombro. Y el asombro estaba empezando a convertirse en rabia.

—Señor Antúnez, me entristece mucho oírle hablar así de Guillermo, la verdad —dije, intentando contenerme—, sobre todo porque esto nada tiene que ver con el motivo de mi llamada. —Me miró y volvió a arquear la ceja, sorprendido—. Sinceramente, si cree que le he hecho venir para juzgar a su hijo, o para descalificarle, siento decirle que se equivoca.

Manuel Antúnez se echó hacia delante en el asiento y se mesó despacio la barba. De nuevo una sombra de tristeza asomó a sus ojos. Fue solo un instante, pero la expresión de la cara se le oscureció por completo. Al verle así, entendí de pronto que me había equivocado creyendo que podía esperar de él una cooperación que evidentemente no iba a llegar, de modo que cambié de estrategia e hice algo que detesto.

Mentí.

—Señor Antúnez, esta conversación no es más que una entrevista rutinaria. Guille es nuevo en el centro y tenemos la costumbre de hacer un seguimiento más cercano de los alumnos recién llegados.

—Ah —dijo, asintiendo despacio.

—Soy consciente de que llevamos poco más de dos meses de clase y de que los niños, sobre todo a esta edad, reaccionan de maneras muy distintas a un cambio de escuela. Si a eso le sumamos la ausencia de su madre, hay que entender que el proceso pueda resultar más... complejo.

No dijo nada.

—Las separaciones de los padres, sobre todo a la edad de Guille, pueden ser muy difíciles —añadí con una sonrisa profesional.

Él volvió a tensarse y levantó bruscamente la mano, como ordenándome que me callara.

—Bueno, separación, lo que se dice separación... tampoco es eso exactamente —saltó, a la defensiva. Enseguida pareció darse cuenta de que había utilizado un tono demasiado seco e intentó corregirlo—. Lo nuestro es por trabajo. Amanda, mi mujer, es azafata y, bueno..., como las cosas están como están, llevaba un año en paro y en agosto le salió una oferta en una compañía de jets privados de Dubái. No tuvimos mucha elección, la verdad. Tal como está el patio, y después de haberme quedado yo en la calle... Imagínese. —Y antes de dejarme preguntar, añadió—: Pero es algo temporal. De momento serán solo seis meses.

Nos miramos durante un par de segundos sin decir nada. Al ver que el silencio se alargaba y él no parecía dispuesto a decir más, intervine.

—Entiendo —dije—. Desgraciadamente, cada vez conozco más casos —añadí con tono conciliador. Él bajó la mirada durante un segundo—. No me malinterprete, señor Antúnez. Solo quiero decirle que Guille ha tenido que asimilar dos cambios muy importantes y muy repentinos, y que hay algunas... cosillas en su actitud diaria que me resultan llamativas, nada más. Por eso he pensado... ¿cómo decirlo? Hacerle un seguimiento más detallado, ya que la escuela ofrece esa posibilidad.

—¿Un... seguimiento?

Inspiré hondo.

—Sí —dije, mirándole a los ojos—. Creo que sería bueno para Guille tener una entrevista con la orientadora del centro.

—¿La... orientadora?

Asentí.

—Eso he dicho, sí.

Bajó durante un segundo la mirada y cerró las manos sobre la mesa. Me pareció verle un tatuaje en la muñeca, una especie de inscripción que se perdía brazo arriba por debajo de la camisa. Adiviné lo que venía a continuación y me preparé para oírlo.

—Mire, señorita Sonia, no se lo tome a mal, pero mi hijo no necesita ninguna orientadora —dijo, volviendo a levantar la vista. Y luego, casi como si hablara consigo mismo, añadió entre dientes—: Mi hijo a quien necesita es a su madre.

Supe entonces que no me había equivocado al convocarle a la entrevista y supe también que no le dejaría salir de mi despacho sin que me hubiera dado su aprobación para que Guille tuviera esa primera sesión con María, nuestra psicóloga.

Así que decidí añadir una marcha más a la conversación y echar mano de mi plan B.

—Señor Antúnez, creo que hay un par de cosas que le gustaría saber —dije.

Él me miró con desconfianza. Su mirada era la de un padre que quiere saber pero que no quiere oír.

Desde hace unos años, en que las cosas están como están, cada vez son más los casos como el de Manuel Antúnez: padres con demasiados problemas para salir adelante, demasiado preocupados por el día a día y por poner solución a lo más cotidiano como para cargar con más peso en sus mochilas. Manuel Antúnez se encogió de hombros.

—Estoy segura de que le interesarán —insistí.

Inclinó la cabeza a un lado y parpadeó. Con la mano derecha se acarició el tatuaje que le asomaba bajo la manga del brazo contrario. Fue un gesto de duda.

—Créame —insistí.

# Manuel Antúnez

TODO EMPEZÓ un día en el despacho de la señorita Sonia, la tutora de Guille. Llevábamos un rato de entrevista, ella soltándome el rollo de que a Guille tenía que verle la psicóloga de la escuela —«la orientadora», la llamó— y yo cansado de escucharla y a punto de levantarme y largarme. Pero entonces dijo algo que me pudo:

—Creo que hay un par de cosas sobre Guille que le gustaría saber, créame.

Volví a apoyar la espalda contra el respaldo de la silla.

—¿Cosas? —pregunté.

La señorita Sonia asintió despacio. Es una mujer joven, de pelo castaño oscuro y ojos negros y brillantes. Y guapa, aunque tiene la mirada dura y cuando sonríe parece mayor.

—Sí —respondió.

—Usted dirá.

Inspiró hondo antes de hablar.

—En primer lugar debe saber que Guille no es un niño demasiado... popular entre sus compañeros. —No dije nada. Por su cara entendí que había más—. Vive en su mundo, aparentemente feliz, pero aislado del grupo. De hecho, desde que empezó el curso prácticamente solo se relaciona con Nazia, la niña paquistaní que también ha empezado este año en el centro y que, según tengo entendido, es vecina suya, ¿no?

—Sí —respondí—. Es la hija de los dueños del supermercado que tenemos debajo de casa.

—Eso creía, sí.

—Buena gente. Van un poco a lo suyo, ya sabe, con sus cosas y eso, pero son de buena pasta.

Ella sonrió, aunque la sonrisa duró un momento y desapareció.

—Está además la pasión de Guille por la lectura —dijo moviendo un poco las manos al hablar—. Guille lee sin descanso: en el comedor, en el recreo, entre clase y clase... y las cosas que lee no son exactamente las típicas de su edad. Son lecturas más... avanzadas, diría yo. No sé si está usted al corriente.

Esta vez el que sonrió fui yo. ¿Que si estaba al corriente, decía? ¿Cómo no iba a estar al quite de que mi hijo leía a todas horas? Estuve a un tris de soltarle alguna, pero me callé. Luego, como vi que seguía esperando, dije:

—Lo de la lectura lo ha heredado de Amanda. En eso son clavaditos. Y no es en lo único. Amanda puede pasarse horas leyendo. Siempre ha sido así. Hay veces que lee hasta cuando camina por la calle, así que imagínese. Hasta dónde llegará la cosa que me la he encontrando leyendo en el súper mientras empuja el carrito de la compra o cuando cocina...

—Ya, entiendo —dijo. No sonreía.

En ese momento se oyó un griterío y un montón de niños pasaron corriendo por la ventana que daba al pasillo. Estiré el cuello, intentando reconocer a Guille, pero no le vi. La señorita esperó a que se marcharan.

—Aparte de la lectura, hay un par de cosas que también me han llamado la atención —volvió a hablar—. La primera es la fijación que tiene Guille con... Mary Poppins. —No dije nada. Nos miramos durante unos segundos y esperé a que siguiera hablando—. Ya me había parecido un poco llamativo al principio, pero, bueno... reconozco que al ser un niño que acababa de llegar de otro centro no quise darle más importancia. Con frecuencia los niños de esta edad hacen suyos todo tipo de personajes fantásticos y a veces llegan a... ¿cómo decirlo?, a adoptarlos como un miembro más de la familia. De su mundo interior, ya me entiende.

—Sí, claro.

—Pero ayer, durante la clase, ocurrió algo, un pequeño incidente que me ha puesto sobre aviso. Por eso he decidido llamarle, porque me gustaría comentarlo con usted.

Por su voz la noté preocupada y se me encogió un

poco el estómago. De repente se me ocurrió que lo que estaba a punto de decirme no iba a gustarme, y por un momento maldije a Amanda por no estar allí sentada conmigo. «Tendríamos que estar aquí los dos, Amanda. Juntos. Como antes, maldita sea», pensé mientras intentaba concentrarme en lo que la señorita tenía que contarme.

Pegué la espalda al respaldo de la silla y tragué saliva.

—Usted dirá —dije.

* * *

Una hora más tarde, cuando pasé a tomarme una birra al bar de la esquina de camino a casa, seguía dándole vueltas a los últimos minutos de mi conversación con la profesora de mi hijo:

«Lo que me ha hecho pensar que sería aconsejable tener una entrevista con la orientadora del centro para una pequeña exploración no es que Guille quiera ser "como Mary Poppins" cuando sea mayor, señor Antúnez», había dicho. «Sabemos que los niños se proyectan en el futuro de maneras muy distintas, y desde luego Mary Poppins es una figura con valores nada preocupantes. Al contrario: diría que es un modelo muy positivo».

Yo había respirado, reconozco que un poco aliviado.

«Lo que me llama la atención no es que Guille quiera ser "como ella", sino que quiera "ser ella"», había aclarado, haciendo girar el bolígrafo entre los dedos sin dejar de mirarme. «Hay una gran diferencia entre querer ser como alguien y querer ser alguien, señor Antúnez, y creo que eso, unido a su aislamiento del grupo y a su... hipersensibilidad, hace que merezca la pena averiguar si hay algo que Guille está intentando decirnos: de su mundo, de sus temores... quién sabe. Quizá Mary Poppins no sea más que la punta del iceberg».

Yo no había sabido qué decir. Ella me había dado un par de pequeñas palmadas en el brazo y me había sonreído con esa sonrisa de listillas sabelotodo que las profesoras reparten a los padres como si fuéramos idiotas.

«María, la orientadora del centro, ya está al corriente. No es la orientadora habitual, porque Isabel, la psicopedagoga que trabaja habitualmente con nosotros, está de baja por maternidad hasta el trimestre que viene. Aun así me consta que es una gran profesional, ya lo verá», había dicho, abriendo su agenda y sacando una tarjeta de visita que me pasó por encima de la mesa. «Me he tomado la libertad de concertarle a Guille una primera visita con ella para la semana que viene». Y había añadido, esta vez con voz más suave: «Si a usted le parece bien, por supuesto».

Mientras me terminaba la cerveza, volví a pensar en Amanda y cuando saqué su foto de la cartera saqué también el papel de la cita con la orientadora que me había dado la señorita Sonia. Decidí que Amanda habría hecho lo mismo que yo y en ese momento oí su voz en mi cabeza. «Bien hecho, Manu. Ya sabes lo que hemos dicho siempre: "Mejor saber"», me pareció que decía entre el trajín de los camareros y la música de la radio. Sonreí. «Siempre es mejor saber»: esa es una frase muy de Amanda, esa y también: «Nunca un paso atrás, Manu. Por muy mal dadas que vengan».

Me levanté, pasé a pagar por la caja y salí a la calle. Justo cuando estaba a punto de cruzar, me vino a la cabeza la segunda cosa que la señorita me había dicho después de lo de Guille y Mary Poppins. Volví a verla allí sentada, llevándose el bolígrafo a los labios como hacen los médicos o como si le costara mucho decir lo que tenía que decir, y también me acordé de que había apretado un poco la mandíbula antes de hablar.

«Pero lo que más me llama la atención», había dicho, arrugando la frente, «es que desde que ha empezado el curso, Guille nunca ha hablado de su madre, señor Antúnez. No la ha mencionado ni una sola vez».

Nos habíamos quedado callados los dos. Yo, porque no sabía qué decir, y supongo que ella porque esperaba que yo dijera algo. Me acordé de que me había aclarado la garganta y de que ella se había recostado contra el respaldo de su silla. Luego, como si pensara en voz alta, había añadido:

«Es como si para su hijo su madre no existiera».

# María

TODO EMPEZÓ con un sobre. O quizá no, quizá sería más exacto decir que todo empezó un poco antes.

Una tarde, hace un par de días, Sonia, la tutora de cuarto, vino a verme al despacho. Quería hablarme de un alumno de su clase.

—Es Guille —dijo, revolviendo el té de su taza con la cucharilla de plástico—. Creo que ya te he hablado de él alguna vez.

—Sí, lo recuerdo —dije—. El niño al que le gusta tanto Mary Poppins, ¿verdad?

Asintió.

—Me gustaría que le vieras.

Sonreí. Aunque la conozco poco, pues en lo que llevamos de trimestre es imposible tratar a fondo a todos los profesores de un centro, Sonia no parece de las que se andan por las ramas.

Es una mujer con carácter.

—Claro —dije—. ¿Pasa algo?

No me contestó enseguida. Recorrió el despacho con la mirada y dijo:

—Creo que es un niño demasiado feliz, María —respondió con una sonrisa extraña.

No quise intervenir. Intuí que si había acudido a mí para pedirme ayuda —y eso es algo que no suele ocurrir, a menos que un profesor crea que realmente hay un motivo de peso—, era porque efectivamente algo le preocupaba de verdad. Enseguida continuó:

—Me explico —dijo—. Objetivamente, Guille tiene muchos números para ser un niño conflictivo: acaba de cambiar de colegio, padres recién separados, solo se junta con las niñas, nada de fútbol ni de juegos demasiado físicos, muy poca relación con el resto de niños, cierta... hipersensibilidad que los demás no siempre encajan bien, aunque todavía no lo hayan verbalizado claramente, además de una inteligencia fuera de lo común. Por no hablar de esa obsesión con Mary Poppins que al principio me parecía hasta graciosa, pero que con el tiempo ha empezado a resultarme preocupante.

—Ya —dije.

—Y, a pesar de todo eso, es un niño feliz —declaró—. Extremadamente feliz.

—¿Y tú crees que...?

—No sé lo que creo, María —me interrumpió—. Solo sé lo que me dice la experiencia, y la experiencia me dice que el Guille que vemos es un niño que encierra a otro que no vemos.

Estudié con detenimiento la cara de preocupación de Sonia. Por lo poco que la había observado desde que había empezado el curso, me había parecido que era una de esas maestras que viven los problemas y las alegrías de sus alumnos como si fueran parte de ellas, quizá a veces en exceso, aunque no pueden evitarlo. En ocasiones son demasiado mamás con ellos y lo saben. Pero en las semanas que llevaba en la escuela nunca me había parecido que se hubiera equivocado en las apreciaciones que había compartido con el equipo docente.

«Extremadamente feliz», había dicho.

Luego añadió algo que acabó de decidirme:

—Creo que Guille, el Guille que vemos, es la pieza de un rompecabezas, María —dijo con expresión preocupada. Habló con cierta timidez, casi como si tuviera miedo de que yo pudiera pensar que había perdido el juicio. Fue casi una confidencia—. Y creo que debajo de esa felicidad hay un... misterio. Un pozo del que quizá esté pidiendo que le saquemos.

No supe qué decir. Cuando quise contestar, ella sacó de su bolso un sobre blanco y me lo puso delante, sobre la mesa.

—Te he traído esto —dijo.

Nos miramos durante un instante.

—¿Qué es?

Apartó la taza de té a un lado y apoyó los codos sobre la mesa.

—Son algunos dibujos y redacciones de Guille. Ejercicios de clase, tareas... esas cosas.

Cogí el sobre y lo sostuve en alto. Ella alargó la mano, poniéndola encima, y negó con la cabeza.

—No es necesario que lo abras ahora —dijo, apartándose un mechón de pelo de la cara y soltando un suspiro de cansancio.

—Como quieras. —Dejé el sobre encima de la mesa, encendí el portátil, abrí mi agenda y busqué una hora de visita—. La semana que viene tengo una hora por la tarde. Justo después de clase.

Sonia sonrió.

—Perfecto. Hablaré con su padre y te diré algo.

\* \* \*

Esa misma noche, después de cenar, encendí el televisor e intenté ponerme al día de las noticias o buscar una de esas series que sigo de higos a brevas y que me distraen un poco, aunque después de unos minutos entendí que sería en vano. Seguía dándole vueltas a la entrevista con Sonia y cuando dejé la bandeja con los restos de la cena en la mesa del comedor, mis ojos tropezaron con el sobre que me había entregado antes de salir del despacho.

Por un momento, estuve a punto de apagar la luz e irme a la cama. Sin embargo, y a pesar del cansancio, pudo más la curiosidad.

Me preparé un té, volví al sofá, encendí la radio y sintonicé la emisora de música clásica que escucho siempre antes de acostarme. Luego me arrellané entre un par de cojines y abrí el sobre.

Volqué con cuidado el contenido sobre mi regazo y separé a un lado las hojas de papel de cuaderno escritas a lápiz y al otro, el montón de dibujos que Sonia había clasificado por fechas y que había grapado, convenientemente ordenados.

Decidí empezar por los dibujos.

Entonces comprendí.

II

LA PALABRA MÁGICA,
NUBES EN EL CIELO Y ALGUNAS
VOCES AMIGAS

# Guille

—¡NO! ¿OTRA VEZ? ¡Pero si ayer lo dijiste bien!

Nazia levantó los hombros, juntándolos con el cuello, y se rio un poco, pero a mí no me hizo gracia y ella se dio cuenta. Enseguida se puso seria, cogió la hoja donde tenía copiada en grande la palabra y volvió a probar:

—Shu-per-ca-fri-li-gis-to-pa-li-do... sho —leyó muy despacio y hasta lo cantó un poco. Luego me miró y se rio, tapándose la boca con las manos como su madre cuando está en la caja del súper.

Probamos unas cuantas veces más y después fuimos a la cocina a prepararnos la merienda, porque papá estaba en su estudio, escribiéndole una carta electrónica a mamá en el ordenador, y cuando papá le escribe a mamá no se le puede molestar porque se concentra mucho para que le salga bien. Mientras merendábamos, volvimos a ver el trozo de la peli donde Mary Poppins dice la palabra mágica y todos bailan y cantan más y más deprisa en el parque con los dibujos animados, a ver si así Nazia se la aprendía de una vez.

Muchas tardes, Nazia viene conmigo a casa después del cole y hacemos los deberes. A veces, cuando terminamos de merendar, bajamos al súper de sus padres y otras ensayamos en mi habitación el número de la función de Navidad. Es que un día la señorita nos dijo que este año nos toca a los de cuarto actuar en la función y que tenía que ser por parejas o en grupo para que no durara mucho. Cuando terminó la clase, Nazia y yo éramos los únicos a los que nadie había elegido, porque como somos nuevos, pues claro.

Así que la seño nos puso juntos.

—¿Y qué os gustaría hacer? —preguntó. Ya había un número de magia, un baile de las Monster High, un Justin Bieber con su coro, un Santa Claus con tres renos y también una Pippi Calzaslargas en Egipto y... y muchas cosas más de las que ahora no me acuerdo. Nazia no supo qué decir. En clase nunca dice nada. Como habla un poco raro, algunas veces no se le entiende muy bien y le da vergüenza que se rían de ella.

—¿Podríamos cantar un número de Mary Poppins? —pregunté. Nazia se tapó la boca con la mano para reírse y la señorita sonrió.

—Claro, Guille —dijo—. Qué buena idea. —Y después—: ¿Cuál te gustaría?

Me puse tan contento que el corazón me latió muy fuerte y tuve ganas de hacer pis.

—¿El de la palabra mágica podría ser? —pregun-

42

té, y como estaba tan alegre me salió un poco de saliva que me limpié enseguida con la manga.

La seño me miró un poco raro, con las cejas juntas y una línea muy gorda en la frente, y como me siento en la última fila, todos se volvieron. Nazia ya no se reía.

—¿La... palabra? —preguntó.

—Sí. La palabra mágica esa tan larga que sirve para cuando no saben qué decir y que también se canta.

La señorita puso la cabeza así, de lado, y nadie dijo nada.

—Me parece muy bien —dijo, escribiendo algo en su libreta—. Pues ya estáis apuntados los dos. Nazia y Guille cantaréis un número de Mary Poppins y... la palabra mágica. ¿Es eso?

Dije que sí con la cabeza y Nazia me miró, pero no se rio ni nada.

Eso fue ese día, y desde entonces ensayamos algunas tardes en casa, pero con Nazia cuesta un poco porque no habla muy bien y al principio se equivocaba todo el rato, aunque ya llevamos unas cuantas semanas y a lo mejor, si no nos lo aprendemos, no nos dará tiempo porque ya falta muy poco para la función.

Otras veces bajamos al súper de la señora Asha, que es la madre de Nazia, y merendamos pasteles de miel y almendras que guarda debajo de un plástico para que no se le manchen y luego nos vamos al almacén, un sitio grande sin ventanas y lleno de cosas con cortinas donde viven Nazia, sus padres y su hermano Rafiq, que sabe mucho de móviles y de ordenadores y que unas veces está y otras no, y cuando está se pelea un poco con el padre de Nazia pero en paquistaní.

Nazia es muy lista aunque no hable mucho. Siempre se ríe, menos cuando tiene que estar en la caja del súper con su madre, vigilando para que nadie coja nada sin permiso y metiendo las cosas en bolsas verdes. Entonces se pone muy seria y yo me marcho a casa, que está en el portal de al lado, pero en el ático, y si papá no ha llegado, me deja las llaves debajo del felpudo para que pueda entrar.

Cuando papá está en casa, vemos juntos la tele y a veces repasamos los deberes y me hace la cena, aunque enseguida tengo que irme a la cama, porque él se sienta a escribirle cartas electrónicas a mamá en el ordenador. Si todavía no ha llegado, me pongo el DVD de Mary Poppins en la tele de mi cuarto y canto las canciones, sobre todo la de la palabra mágica, y también bailo con un abrigo largo de mamá que es uno de sus favoritos y que le cojo del armario sin que papá se entere. Es que se ha dejado mucha ropa de invierno en casa. Papá dice que donde está ya no la necesita porque es desierto y no tienen invierno, pero en cuanto llega a casa yo me la quito muy rápido y la escondo debajo de la cama con sus zapatos y otras cosas que tengo para disfrazarme, porque una vez me pilló vestido con las cosas de mamá y bueno, tuve que prometerle que no volvería a hacerlo nunca más, pero nunca, y él se encerró en su cuarto y no cenamos ni nada.

Pero el jueves por la tarde no pude volver del colegio con Nazia, porque después de clase de plástica sonó el timbre y tuve que quedarme en el pasillo y la señorita Sonia me llevó con ella a la casita que está en el jardín. Como llovía tuvimos que correr un poco, aunque la casa del jardín está muy cerca de la verja de la calle y casi al lado de la fuente con la veleta del gallo.

—Ya sabes que hoy tienes visita con la orientadora —dijo. Y luego, cuando llegamos a la puerta—: María te va a encantar, Guille. Ya lo verás.

Antes de entrar, no pude aguantarme más:

—¿A que Mary es María en inglés?

La seño dijo que sí con la cabeza. Luego tocó el timbre, pero no pasó nada.

—¿Y es guapa?

La señorita me miró.

—¿Quién? —dijo—. ¿María?

Dije que sí con la cabeza.

—Claro.

Sentí como un frío pequeño aquí, detrás del cuello, y cuando estaba a punto de preguntarle si la señorita María cantaba, una voz dijo por las rendijas de plata que hay al lado del timbre:

—¿Sí?

La señorita Sonia acercó la cara a la rendija.

—Soy Sonia, María.

—Adelante.

Se oyó un timbre y la puerta se abrió. Entramos a un recibidor muy pequeño como el de casa, y enseguida por la puerta de la derecha salió una mujer que era mayor pero no vieja, o sea como mamá aunque diferente, porque llevaba un moño pelirrojo y tenía la cara muy rosa, como de muñeca.

—¿Así que tú eres Guille? —dijo.

No supe qué decir. En la habitación, detrás de la señora, había una mesa muy grande de madera que brillaba y que tenía las patas torcidas como las de los leones, y justo encima una maleta marrón un poco gorda y abierta, muy parecida a la de Mary Poppins.

—¿Guille? —dijo otra vez. Sonreía tanto que me recordó a mamá y bajé la vista porque la eché de menos y me entraron ganas de llorar. Al lado de la puerta vi un tubo de oro con un paraguas negro como el de papá, pero con el mango de plata. Entonces dije:

—Es que me ha dicho Marcos Salazar que a lo mejor aquí nos traen para castigarnos.

La señorita María se agachó, me puso la mano en la barbilla y tuve que levantar la cabeza.

—Eso es porque Marcos Salazar no sabe que aquí

solo vienen los mejores —dijo, mirándome muy fijo. Sonreía tanto que casi me reí.

—¿Los... mejores?

Dijo que sí con la cabeza. Y luego, en voz baja:

—Me han dicho que te gusta mucho Mary Poppins.

—Sí.

—¿Pues sabes una cosa?

—No.

—Que a mí también —me dijo al oído.

—¿Sí?

Otra vez dijo que sí con la cabeza.

—Mucho. Sobre todo cuando canta.

Luego se levantó y me tomó la mano. Cuando tiró de mí para que entrara con ella, no me moví. Entonces se volvió y me guiñó un ojo. También se rio, pero solo un poco, y me pasó la mano por el pelo.

—Solo los mejores, Guille —dijo, despeinándome así con los dedos como a veces hace mamá—. Y solo los niños que conocen a Mary Poppins.

Miré a la señorita Sonia y ella hizo que sí con la cabeza.

—No tengas miedo —dijo.

Entonces María y yo entramos cogidos de la mano.

# Manuel

LLEGUÉ CASI UN CUARTO de hora antes de las siete y me senté a esperar en el recibidor. Dentro, en el despacho, por la puerta entreabierta oí la voz de Guille y también una voz de mujer. A veces la mujer preguntaba algo y en algún momento me pareció también oír a Guille reírse. Siempre que se ríe me parece oír a Amanda y la echo tanto de menos que se me llevan los demonios.

Mientras esperaba a que Guille terminara la sesión con la orientadora, aproveché para sacar la libreta y escribir el borrador de la carta que esa noche le enviaría a Amanda por correo electrónico. Lo de hablar por Skype está bien y eso, pero a nosotros no nos funciona, porque cuando allí es de día, aquí es de noche y encima ella trabaja sin parar, así que como ahora con lo del paro tengo mucho tiempo libre, le escribo todos los días y así se me hace menos duro no tenerla.

Mientras esperaba en el recibidor, me acordé de lo que la señorita Sonia había comentado de Guille en su despacho —«Es un niño especial», había dicho— y enseguida pensé en Amanda y en lo especial que es. Y cuando digo «especial» no quiero decir que sea guapa, que lo es, y mucho, sino otras cosas que no he visto en nadie más y que desde el primer día que la vi me pudieron. Me acordé de cuando la veía pasar con las otras azafatas de su tripulación por la pista del aeropuerto y yo ya solo tenía ojos para ella. Era como si de repente todo desapareciera: el ruido, los compañeros, el olor a combustible de la pista... todo. Y ella, si me pillaba mirándola, me sonreía con esos ojazos azules como dos soles de grandes. Me acordé también de que el día que me atreví a invitarla a salir y me dijo que sí casi no pude ni hablar. Me encerré en un lavabo de la T1 y me mojé el pelo y la cara, porque estaba empapado en sudor. La llevé a cenar a un chino y también al cine, o a lo mejor fue al revés: primero al cine y luego al chino, ahora no me acuerdo. Lo que sí recuerdo es que a partir de ahí todo fue muy fácil. Aunque claro, con ella las cosas son así: fáciles, como si ya estuvieran ahí de toda la vida y uno solo tuviera que alargar la mano para cogerlas. Es como si Amanda entendiera la vida, como si hubiera nacido con un manual de instrucciones para hacer que todo encaje siempre bien.

Nos casamos muy rápido, puede que más de lo que me habría gustado. Me lo pidió ella y cuando le dije que por qué no esperábamos un poco y nos conocíamos mejor, Amanda se echó a reír y me dio un beso. «Manu —dijo—, ¿para qué vamos a esperar si ya nos hemos encontrado?». Aunque hablaba muy seria, bromeaba, pero yo no me di cuenta y, como siempre, caí de cuatro patas como un bobo. Me puse tan rojo de felicidad primero y de vergüenza después, que sentí que me ardía el cogote y ella, al verme así, ladeó la cabeza y se abrazó a mí, hundiendo la cara en mi cuello y bañándome en su olor. «No hay que hacer esperar nunca a lo bueno, cariño», me dijo al oído así, muy bajito.

Nos casamos un mes más tarde.

Amanda es inglesa. Sus padres la abandonaron cuando era un bebé, y se crio en un centro de acogida de Liverpool hasta los nueve años, antes de que la adoptara un matrimonio del sur de Inglaterra con el que nunca llegó a entenderse. En cuanto cumplió los dieciocho, hizo la maleta y se fue a Londres. Enseguida entró a trabajar de azafata en British Airways. Luego, en su primer viaje a España, decidió que quería quedarse aquí. Por eso, aparte de sus compañeras de tripulación y de un par de amigos, a la boda no vino ningún familiar suyo. Por mi parte, solo estuvo mi hermano Quique con su mujer, que desde hace unos años viven en Argentina y con los que casi no tengo relación. Papá no vino, porque quería traerse a Marga, su nueva novia, y cuando le dije que mejor que viniera solo, se lo tomó mal y ahí quedó todo. En el fondo me alegré, porque mamá había muerto hacía poco y todavía la tenía muy presente, así que me habría costado un mundo tener que bregar con tanta tensión. En fin, que fue una boda íntima, seguida de una cena con amigos en un chiringuito de la playa, con baño nocturno incluido. Amanda estaba preciosa y yo era el hombre más feliz del mundo.

Guille llegó diez meses después. El día que Amanda me dijo que estaba embarazada me sentí tan... raro que ni siquiera ahora sabría explicarlo. De repente todo era diferente, pero ella estaba tan feliz que pensé: «Pues claro, hombre. Si va a ser fantástico, ya verás», y no me costó hacerme a la idea. Si en ese momento alguien me hubiera dicho que las cosas se torcerían así, como lo están ahora, me habría reído en su cara, sobre todo porque desde el principio Guille fue un niño muy guapo y muy tranquilo, con unos ojos azules y grandotes como los de su madre y el mismo pelo rubio. Enseguida nos dimos cuenta de que entre Amanda y él había algo muy especial, una... conexión muy fuerte. Guille la buscaba a todas horas. Si no podía dormir, si le dolían los dientes, si tenía hambre... lo que fuera, no se calmaba hasta que llegaba Amanda y lo cogía en brazos. Sí, ya sé que eso pasa mucho entre madre e hijo, ya me lo había advertido Javi, un compañero del aeropuerto que había sido padre casi cuando nosotros, pero lo de Amanda y Guille era otra cosa, y aunque al principio me hizo gracia, reconozco que con el tiempo terminó por fastidiarme un poco.

«Estás celoso», me decía Javi, picándome. Y yo me reía y le daba una colleja de amiguete cuando parábamos a desayunar, pero en el fondo tenía razón. Estaba celoso, sí: celoso de Amanda, porque lo que Guille tenía con ella no lo tenía conmigo, y también celoso de Guille, porque había veces que parecía que Amanda fuera toda suya, y eso a ningún hombre le sienta bien, las cosas como son. Aunque no digo que no me gustara que Guille se pareciera tanto a ella. Cómo no iba a gustarme. Verlos juntos era como... como un milagro: miraban igual, movían la cabeza igual, sonreían igual... El problema —o al menos para mí lo era— era que a medida que Guille iba creciendo, cada vez se parecía más a su madre y menos a los demás niños. No sabría explicarlo de otra manera: Guille era como Amanda, pero en pequeño. Como una Amanda en miniatura. Por decir algo: desde que la conozco, Amanda ha sido una gran lectora de libros de fantasía. Se pirra por todo lo que sean espíritus, hadas, duendes, sirenas, brujas, magia y todas esas cosas que a mí, la verdad, ni fu ni fa, y desde que Guille era un bebé siempre le ha leído cuentos de esos, de... niñas, para entendernos: que si Blancanieves, que si la Cenicienta, que si Caperucita Roja y, sobre todo, Mary Poppins. No he conocido a nadie tan pirado por Mary Poppins como Amanda. Y claro, a base de leerle todas las noches, Guille empezó a entrar también en ese rollo. Y cuando digo Mary Poppins, digo también todo lo demás: a Guille nunca le ha gustado jugar con los otros niños, ni al fútbol ni a nada, y los deportes tampoco mucho, aunque si pillamos por la tele algún campeonato de gimnasia rítmica o de patinaje sobre hielo sí le gusta. Y luego está lo de disfrazarse, lo de jugar con las niñas... Siempre ha sido así. Y bueno, al principio yo no decía nada, me callaba y hacía ver como que no me daba cuenta. Pero llegó un día en que la cosa pasó de castaño oscuro.

Recuerdo que era finales de noviembre y habíamos salido a dar una vuelta. Nos habíamos parado delante del escaparate de una juguetería. Guille debía de tener cuatro o cinco años. Pegó la cara al cristal, señaló con el dedo una muñeca que estaba sentada encima de una especie de caja de plástico y dijo, mirándome:

—Si se la pido a los Reyes, ¿tú crees que me la traerán?

El señor que teníamos al lado con sus dos hijos se volvió hacia nosotros. Luego miró la muñeca, puso cara de asco y tiró de los dos niños hacia él. Le habría partido la jeta allí mismo, pero me tuve que tragar la rabia y también la vergüenza. Cuando llegamos a casa y quise sacar el tema con Amanda, su respuesta fue la de siempre:

—Cariño, ¿a ti te parece que Guille es un niño infeliz? —preguntó.

Me quedé callado durante unos segundos. Miré a Guille: estaba sentado en el suelo del salón, dibujando y cantando.

—Pues claro que no —le dije.

Ella sonrió.

—Entonces, como si se disfraza de marciano y se nos hace estanquero —dijo.

No hubo más que hablar. Si Guille era feliz, Amanda también. Y si ella era feliz, ¿cómo no iba a serlo yo? Contra eso había poco que decir.

También es verdad que en aquel entonces Guille era todavía muy pequeño y yo trabajaba como un chino en el turno de noche y llegaba muerto a casa, así que preferí quitarle hierro al asunto y, como era Amanda la que se ocupaba del chaval, me relajé y le hice caso. «Ya se encarga ella», pensé. «Quédate tranquilo. Amanda sabe muy bien lo que hace».

Ahora que Amanda no está creo que a lo mejor me equivoqué. Tiré por la vía del padre comodón, hice la vista gorda y dejé que fuera ella la que se ocupara de Guille. Y, visto lo visto, tendría que haberme puesto las pilas y estar al quite. Puede que si lo hubiera hecho no habrían venido tan mal dadas y no me tocaría apechugar ahora con todo este rollo de la psicóloga y todas estas mandangas. A lo mejor todo esto de Guille es un poco... culpa mía.

De repente, desde la sala, la voz de la mujer —una voz dulce, un poco cantarina— me sacó de mis cosas.

—Y ahora, Guille, cuéntame, ¿echas mucho de menos a tu mamá o solo un poquito?

Tragué saliva. Al otro lado de la ventana, la veleta de hierro negro que estaba encima de la fuente empezó a girar a derecha e izquierda bajo la lluvia.

Hubo un silencio.

—¿Guille? —insistió la voz.

Más silencio.

—¿No quieres contestarme?

Un nuevo silencio. Luego Guille dijo por fin:

—No.

Unos segundos de espera. La veleta empezó a girar cada vez más rápido sobre la piedra de la fuente y la lluvia arreció.

—¿Por qué? —preguntó la voz de mujer.

La aguja del reloj que estaba sobre la repisa del radiador marcó las siete y la veleta se paró en seco. Entonces la voz de Guille llegó como un susurro.

—Es que... es un secreto.

# María

—ES UN SECRETO —respondió Guille con una sonrisa entre tímida y traviesa. Delante de mí, sobre la mesa, estaba el dibujo que había hecho durante la sesión y que acababa de entregarme. Volví a mirarlo y me recorrió un pequeño escalofrío.

El dibujo era idéntico a los que había encontrado en el sobre que me había dado Sonia: abajo, a la derecha, sobre la línea del suelo, un hombre sentado a una mesa en una habitación con la puerta abierta, delante de una pantalla muy grande. El hombre llevaba puestos unos auriculares y tenía la cara emborronada, llena de manchas. En la parte superior de la hoja había un avión con una mujer de pie encima y debajo, alargando una varita mágica hacia ella y con una especie de libro grande bajo el otro brazo, volaba una Mary Poppins en miniatura en la que creí reconocer a Guille. Lo demás eran unos rectángulos desperdigados por el cielo, cada uno con una pequeña ventana dentro en una esquina por la que asomaba una cara. También había una lavadora en la casa y detrás del hombre, junto a la puerta, un armario alto con una caja encima y una escalera apoyada

contra la pared. La palabra «Supercalifragilisticoespialidoso» cruzaba toda la hoja en diagonal.

Guille cogió las piezas de Lego con las que había
estado jugando durante buena parte de la sesión y
empezó a reencajarlas para construir lo que parecía
un puente.

Cuando el reloj de la pared dio las siete y estaba
a punto de dar la sesión por terminada, él levantó la
mirada y preguntó con la misma sonrisa ilusionada
que no le había abandonado en toda la hora:

—¿Y se tarda mucho en ser mayor?

Sonreí. Guille tiene unos ojos azules que lo miran

todo sin pudor. Cuando pregunta, lo hace sin vergüenza, como si preguntar fuera lo más natural del mundo, y eso me tranquiliza.

—Unos años —respondí.

Él arrugó el ceño y ladeó la cabeza, un gesto de fastidio tan natural y tan infantil que no pude reprimir una nueva sonrisa.

—¿Y no se puede ir más rápido? —dijo, todavía ceñudo.

Esperé unos segundos antes de contestar.

—¿Y para qué te gustaría ir más rápido?

Desvió la vista hacia la ventana y parpadeó.

—Porque, si no, a lo mejor cuando llegue ya es demasiado tarde —dijo muy serio con una voz en la que me pareció percibir una sombra de ansiedad.

—¿Tarde para qué, Guille? —pregunté, repasando con la mirada el dibujo y tropezando con la imagen del hombre con los auriculares que estaba sentado delante del televisor.

Guille suspiró hondo y dijo:

—Para la magia.

En ese momento no supe cómo entender la dimensión de su respuesta, así que opté por distraer su atención y, señalando al hombre del dibujo, pregunté:

—¿Este es tu papá, Guille?

Sonrió y asintió. Fue una sonrisa extraña, casi adulta.

—¿Ve mucho la tele?

Negó con la cabeza.

—No. No es la tele. Es el ordenador.

—Ah.

—Es que se pone los cascos para hablar con mamá por la noche.

Volví a mirar el dibujo y vi que, en efecto, delante del hombre había también una ventana y al otro lado una luna.

—¿Y tú nunca hablas con ella?

Guille bajó la mirada.

—Ella solo puede cuando yo duermo —dijo.

—Ya, bueno. —Miré el reloj y vi que pasaban casi diez minutos de la hora, así que decidí dar la sesión por terminada—. Si te parece, lo dejaremos aquí.

—Vale.

Le acompañé a la puerta y saludé a su padre, que ya le esperaba. Cuando el señor Antúnez me preguntó que qué tal había ido la visita, intenté ser lo más cauta posible y simplemente le dije que era demasiado pronto y que, si no le importaba, me gustaría ver a Guille una vez a la semana hasta el final del trimestre. Él no pareció ni muy contento ni tampoco muy convencido, pero accedió, un poco a regañadientes. Luego convinimos que Guille volvería a verme todos los jueves a esa misma hora. Los acompañé a la puerta y los vi marcharse a toda prisa bajo la lluvia.

En cuanto estuve de nuevo sentada a mi mesa, redacté un breve resumen de la sesión en la ficha de Guille y cuando cogí el dibujo para guardarlo en la carpeta, vi algo que me llamó la atención.

Me puse las gafas, acerqué el papel a la lámpara y lo estudié detenidamente. Entonces sentí un pequeño golpe en el pecho.

La cara del hombre que Guille había dibujado sentado a la mesa con los auriculares en la cabeza no estaba llena de borrones. No, no eran garabatos lo que manchaba la cara de su padre.

Eran lágrimas.

Desvié un poco la mirada hacia la derecha, hacia la pantalla del ordenador dibujada por Guille, y entonces sí.

Me quedé sin aliento.

# III

## UNA DECISIÓN VALIENTE, EL COFRE DEL TESORO Y LAS CARTAS DE LOS JUEVES

# Guille

CUANDO MAMÁ VIVÍA en casa, venía a verme antes de acostarse. Me traía un vaso de leche caliente y me leía cosas chulas. A veces también me contaba historias de cuando era pequeña y vivía en Inglaterra, aunque no en Londres como los hermanos Banks, que son los niños a los que cuida Mary Poppins, sino con sus padres, que no eran de verdad porque eran adoptivos. Otras veces me leía trozos de Mary Poppins, pero no la de la película, que se llama Yuli Andrius porque también es inglesa como mamá, sino la de los libros, que es distinta pero es igual.

—Esta es la auténtica —me dijo un día—. La de la peli es otra, porque como las películas son más cortas, tuvieron que resumirla.

Ahora que mamá no está, tengo que acostarme yo solo. Después de cenar, papá se va al ordenador a escribirle su carta y luego espera a que sea más de noche para hablar con ella mientras yo me quedo viendo la tele en la cocina o terminando de hacer los deberes, sin acercarme ni un poco porque está muy prohibido, con castigo y todo. Pero los miércoles es distinto: me acuesto temprano, porque los jueves llega carta de mamá y papá dice que si no me duermo pronto el cartero pasará de largo y me tocará esperar hasta la semana siguiente. Por eso ayer me acosté pronto y esta mañana ya tenía la carta en el buzón, con su sobre de color violeta y esos sellos que dice Nazia que son muy raros, aunque como ella es de Pakistán y Dubái y Pakistán están muy lejos en el mapamundi de la biblioteca del cole, a lo mejor es que no se entera mucho, pero bueno.

Cuando hemos salido al recreo, he ido con Nazia al lavabo y la hemos leído juntos. Bueno, yo leía y ella me escuchaba, porque a veces le cuestan un poco algunas palabras:

*Cielo:*

*Ya me ha dicho papá que estáis muy bien y que estudiáis mucho, y también que sigues ensayando con tu amiga el número para la función de Navidad. No sabes cuánto me gustaría poder estar allí para verlo. Pero no te preocupes, papá me ha prometido que lo grabará y que me enviará el vídeo.*

*Hoy me he acordado mucho de ti, porque una pasajera llevaba un paraguas con el mango de cabeza de cacatúa, aunque el de ella era de oro, no como el de nuestra Mary, y no hablaba (bueno,* al menos yo no lo he visto, aunque quién sabe). Y dime, ¿has empezado a hacer ya la lista de regalos que quieres para Navidad? No lo dejes para última hora, ¿eh? Dásela a papá y que él me la envíe, a lo mejor si pedimos desde aquí y desde allí es más fácil.

Bueno, cielo, ahora tengo que dejarte. Entro a trabajar en menos de una hora y todavía tengo que bajar al correo a mandar la carta. Ah, te envío también una postal que te encantará. No, no es un delfín (¿te acuerdas de que me preguntaste si aquí había delfines?). Se llama Dugongo y es... ¡El papá de las sirenas! ¡Sí! ¿A que no sabías que existían los sirenos? Pues aquí lo tienes. Para que veas la de cosas maravillosas que existen en el mundo.

Te quiero mucho, hijo. Hasta el infinito y el inframundo. No lo olvides nunca.

Mamá

P.D.: Me ha dicho papá que tienes una amiga nueva muy chula que te ayuda mucho y que se llama María. ¡Qué bien! Seguro que es una mujer muy buena. Ah, haz caso a papá y no le hagas enfadar mucho, ya sabes cómo es.

Nazia ha sacado la postal del sobre y nos hemos

quedado mirando el sireno de la foto. Era como un oso de mar pero sin pelo, y muy feo, tanto que se parecía mucho a Sebastián, el monitor del comedor, y se nos ha escapado la risa hasta que se me ha salido un poco el pis y he tenido que entrar corriendo al retrete para no mancharme como a veces me pasa en casa por la noche.

Al salir del retrete, Nazia todavía estaba mirando el sireno.

—Cuando sea mayor a lo mejor me gustaría viajar mucho, como tu madre —ha dicho.

Yo no he dicho nada y ella me ha dado la postal.

—¿Sabes una cosa? Creo que ya no quiero ser princesa. —Se ha reído un poco, tapándose la boca con la mano.

—¿No?

—No. —Ha dicho que no con la cabeza y luego—: Ahora quiero ser azafata de Dubái.

Nos hemos reído los dos, pero bajito para que no nos oyeran desde el pasillo.

—¿Por qué?

—Pues porque me parece que las princesas tienen que estar siempre en un sitio sin moverse, con su velo y muy calladas, como mi madre en la caja del súper pero sin súper y con un marido que te vigila todo el rato. Y creo que a lo mejor no me gustará. Qué chulo tener una madre azafata, ¿no? Tan moderna y tan guapa, como una actriz de Bollywood pero rubia y sin tener que bailar y cantar siempre, que debe de cansar mucho...

He sentido una cosa dura en la garganta y he abierto y cerrado los ojos muchas veces porque me he acordado de mamá y también del día que estábamos en casa de Nazia mirando un álbum de fotos y me enseñó una de un hombre muy serio con un bigote muy negro, vestido de soldado y un poco gordo. Cuando le pregunté si era familia suya, Nazia se puso rara y me dijo que sí con la cabeza.

—Se llama Ahmed —dijo—. Es mi prometido.

—¿Tu prometido qué es?

—Pues prometido es que será mi marido pero todavía no.

—¿Y serás feliz porque os casaréis?

Nazia se tapó la boca con el pañuelo, pero no se rio. Hizo así con los hombros y dijo:

—No sé. —Y luego—: Es que no le conozco, pero mi padre dice que es bueno y que tiene una casa y una fábrica muy grandes como de Nueva York, donde trabajan muchas personas con máquinas y mucho ruido.

—Ah.

No dijo nada más y seguimos pasando las hojas un rato hasta que dijo:

—Tiene treinta y dos años.

No supe qué decir. Ni esa tarde ni tampoco esta mañana en el baño, cuando Nazia se ha acercado y me ha dado la mano. Por eso he mirado al suelo y he tragado un poco de saliva.

—Ya verás como tu mamá vuelve muy pronto —ha dicho.

He dicho que sí con la cabeza, pero no me ha salido la voz.

—¡A lo mejor puede venir por Navidad, para vernos cantar en la función!

—No.

—Pero ¿no tiene vacaciones?

—No.

—Ah.

Luego nos hemos quedado callados un rato corto y entonces ella ha dicho, tirando de mí hacia la puerta:

—¿Quieres que salgamos al patio de atrás a jugar con mi Barbie? —Como no he dicho nada, ella me ha mirado—. ¡O a lo mejor podríamos ensayar un poco! Todavía faltan diez minutos para que suene el timbre. ¡Vamos!

Enseguida han dejado de escocerme los ojos. Me he metido la carta en el bolsillo de la bata y hemos bajado corriendo las escaleras. Cuando hemos salido al patio, nos hemos cruzado con la señorita Sonia y con la señorita Adela, que es la tutora de quinto.

La seño me ha pasado la mano por la cabeza así, despeinándome un poco, y cuando ya nos íbamos ha dicho:

—No te olvides de que esta tarde tienes hora con María, Guillermo.

Le he dicho que sí y Nazia y yo hemos corrido hasta el patio de atrás cogidos de la mano.

—¿Quién es María? —me ha preguntado Nazia mientras nos comíamos el bocadillo de Nocilla.

—Es una señora que pregunta cosas en la casita del jardín.

—¿Cosas?

—Sí. Y también me deja jugar con el Lego.

—Qué raro, ¿no?

—No sé.

—¿Y por qué vas?

—Porque dice papá que es una orientadora.

—Ah.

—Sí.

—Si es orientadora, a lo mejor es que viene de... Oriente... como los Reyes Magos —ha dicho, sentándose en el bordillo de la pista de baloncesto.

Como tenía la boca llena de pan con Nocilla le he dicho que no con la cabeza. Además, yo sé que lo de los Reyes Magos es mentira, porque lo de los camellos no puede ser, aunque Nazia diga que por qué no, si a lo mejor como son mágicos, vuelan.

—Se llama orientadora porque... porque delante de la ventana tiene una veleta negra con un gallo —le he dicho—, y cuando te sientas en la silla la veleta gira hacia el este, que es el oriente porque lo dice el hombre del tiempo en el telediario cuando cenamos.

Nazia ha abierto así la boca, con pan y Nocilla y todo, y me ha mirado muy raro hasta que me he asustado un poco.

—¡Una veleta! ¡Igual que en Mary Poppins! —ha gritado, salpicándome de migas y también de un poco de saliva—. Seguro que es una señal, Guille, como en los detectives americanos.

Me he quedado pensando un poco, pero entonces me he acordado de que todavía no había terminado el dibujo que María me había mandado de deberes y me he puesto un poco nervioso porque a lo mejor se enfadaba. Luego he pensado que si no le gustaba el dibujo a lo mejor le enseñaba la carta de mamá y la postal del sireno porque seguro que nunca había visto uno o a lo mejor sí.

—¡El timbre, Guille! —ha dicho Nazia, metiéndose el resto del bocadillo en la boca y cogiendo la Barbie mora del suelo—. Corre, vamos, que toca gimnasia y ya sabes cómo se pone el señor Martín si llegamos tarde.

Hemos echado a correr juntos hacia la puerta porque al señor Martín se le inflan los mofletes como los sapos cuando nos portamos mal y a veces también nos castiga dando vueltas al campo de fútbol si nos olvidamos el equipo de gimnasia o las zapatillas de deporte, y yo creo que nos tiene un poco de manía porque a Nazia sus padres no la dejan cambiarse en el colegio ni cuando toca partido y siempre nos eligen los últimos porque a mí me da miedo la pelota, pero no me importa porque así nos escondemos detrás de los vestuarios y jugamos a cosas sin que nadie nos vea.

Y ya está.

# María

—¿ASÍ QUE LOS REYES Magos no existen?

Guille ha seguido mirando muy concentrado la casa de Lego que estaba a punto de terminar de montar sobre la mesa. Sacaba un poco la lengua mientras intentaba insertar la última ficha en el tejado. Viéndole así, tan absorto, me he acordado de la conversación que Sonia y yo tuvimos hace un par de días en la sala de profesores. Fue una reunión muy breve, cinco minutos robados entre clases. Con ella a veces es así. Ninguna de las dos somos demasiado amigas de los preámbulos cuando se trata de algo importante.

En cuanto me senté, abrí mi cartera, saqué el último dibujo de Guille y se lo puse delante, encima de la mesa.

—Mira.

Ella lo estudió detenidamente, bolígrafo en mano. Luego fue resiguiendo cada imagen de la hoja con la punta del bolígrafo, sin tocar el papel, hasta que el bolígrafo quedó suspendido sobre la figura del padre de Guille sentado delante del ordenador. Entonces alzó la mirada.

—¿Está...?

Asentí.

—Llorando, sí.

Sonia frunció el ceño, pero no dijo nada más y volvió a concentrarse en el papel. Segundos después, dejó el bolígrafo encima de la mesa y me miró, todavía ceñuda. Luego arqueó una ceja.

—¿Y? —preguntó. Enseguida añadió—: No me parece nada anormal que el hombre llore. Debe de ser duro estar tan lejos de su mujer. Quizá cuando habla con ella y la ve en la pantalla, se ve un poco superado por las circunstancias. No creo que sea nada fuera de lo común.

Negué con la cabeza.

—No lo es, no.

—¿Entonces? —preguntó con un tono de voz entre irritado e impaciente. Desde el pasillo llegaron los gritos de un grupito de niños que pasaban corriendo por delante de la puerta. Sonia chasqueó la lengua y yo me levanté, rodeando la mesa hasta quedar de pie a su lado. Luego apoyé el dedo sobre la pantalla del ordenador del dibujo.

—No me parecería extraño si en la pantalla Guille hubiera dibujado la cara de una mujer.

Durante una décima de segundo Sonia frunció aún más el ceño y su frente se llenó de pequeñas arrugas. Luego apartó mi dedo con el suyo y se inclinó un poco más sobre el papel.

—Pero... —la oí murmurar—. Pero esta es la cara de...

Se volvió lentamente hacia mí y nos miramos. Yo asentí despacio.

—Sí. Es la cara repetida del padre de Guille, no la de su madre.

\* \* \*

—Ya estoy —ha dicho Guille, mirándome desde su lado de la mesa con la mano sobre el tejado de la casa de Lego. A mi derecha, junto al reloj, estaba el dibujo que me había entregado al llegar a la consulta. Yo he ido estudiándolo mientras hablábamos.

He esperado a que dijera algo más, aunque en vano. He decidido romper el silencio repitiéndole la pregunta.

—Entonces, ¿los Reyes Magos no existen?

Ha sonreído, negando con la cabeza.

—No.

—Ajá.

—Me lo dijo un niño de sexto el año pasado, pero yo ya lo sabía.

—¿Ah, sí?

—Claro. —Ha levantado la mirada y ha sonreído. De nuevo esa sonrisa feliz, casi perfecta—. Ni Papá Noel tampoco.

—Ah. Vaya.

Se ha rascado la nariz y luego ha clavado la mirada en la ventana.

—Es que quien nos trae los regalos en Navidad es Mary Poppins.

He reprimido una sonrisa. De nuevo Mary Poppins.

—¿Y tú cómo lo sabes?

—Porque los camellos van demasiado despacio para repartir tantos regalos y además no saben volar. Los renos tampoco.

De nuevo he tenido que disimular una sonrisa. La lógica de los niños es a veces tan aplastante y tan... particular que no deja lugar a comentarios. Para ellos, las cosas son cuando son y no son cuando no son: los renos y los camellos no vuelan porque no tienen alas, pero una mujer con zapatones, sombrero con una flor y un paraguas que habla, sí.

Guille se ha quedado callado durante unos segundos mientras yo repasaba el dibujo que me ha traído. El jueves pasado le pedí que reprodujera el estudio de su padre. Decidí que como tarea para cada sesión le pediría que se centrara en una parte específica del dibujo que tantas veces había repetido desde el principio de curso.

Mi sorpresa al ver el dibujo ha sido mayúscula. La parte superior del papel estaba llena de rectángulos que flotaban en el aire, con una pequeña ventana en la esquina superior derecha y una cara asomando por ella. Debajo, sobre la base del papel, Guille ha dibujado el estudio de su padre, pero algo había cambiado respecto del dibujo original: el escritorio era el mismo, y también la pantalla del ordenador, el armario con la caja encima y la escalera apoyada contra la pared, pero no había nadie sentado a la mesa y Guille se había dibujado subido a la escalera. Desde allí señalaba con el dedo la caja que estaba en lo alto del armario.

Al mirar el dibujo he dado por hecho que los rectángulos que lo salpicaban todo eran las ventanas de los vecinos que debían de verse desde el estudio.

—Cuántas ventanas, Guille —he dicho, rompiendo el silencio.

Él me ha mirado y ha fruncido el ceño, pero no ha dicho nada.

—¿Tienes muchos vecinos?

Ha negado con la cabeza. Luego ha esperado unos segundos y finalmente ha dicho:

—No son ventanas.

—Ah.

—Son cartas —ha aclarado. Al ver mi expresión de sorpresa se ha reído y ha señalado una con el dedo—. Bueno, sobres. Las cartas están dentro —ha añadido con una mirada luminosa—. Esto es el sello. Y llegan volando. Desde el cielo. Por eso están en el aire.

No he mostrado mi sorpresa. Tampoco un excesivo interés. He esperado. Él se ha tomado su tiempo.

—Son de mamá —ha dicho.

—Ah, así que tu mamá te escribe.

Ha dicho que sí con la cabeza. Tenía los ojos brillantes.

—Todos los jueves por la mañana. Muy temprano.

—Qué bien, ¿no?

—Sí.

—Tiene que quererte mucho para escribirte todas las semanas. Y tan temprano.

No ha dicho nada. Luego ha parecido pensarlo mejor:

—Y también me envía postales.

—¿Ah, sí?

—Sí.

Unos segundos de espera.

—De sirenos —ha aclarado.

He dudado de si le había oído bien y él ha parecido darse cuenta, porque tras un titubeo inicial, se ha echado a reír, llevándose la mano al bolsillo de la chaqueta, de donde ha sacado un sobre de color violeta. Me lo ha ofrecido, pero enseguida ha parecido arrepentirse y ha encogido bruscamente la mano, como si se hubiera acordado de algo y lo hubiera corregido en el último momento.

Me ha mirado y ha sonreído, pero esta vez no ha sido una sonrisa alegre sino de alarma. Luego ha abierto rápidamente el sobre, ha sacado una postal y una hoja de papel escrita por una sola cara y me las ha dado. El sobre no.

Me he tomado unos minutos para leer la carta y luego, después de ver la postal, hemos hablado de los sirenos. Le he preguntado si le importaba que fotocopiara la carta y él me ha dicho que no.

El resto de la sesión lo he dedicado a preguntarle por los preparativos de su número musical para la función del colegio y por la sección del dibujo en la que había retratado el interior del estudio. He entendido, por su forma de incluirse en la escena, que estaba llamando mi atención sobre la caja.

Cuando le he preguntado por ella, ha dicho:

—Es el cofre de los tesoros. —Y antes de que

pudiera preguntarle nada, ha añadido, bajando la voz—: Pero es un secreto.

«De nuevo un secreto», me he oído pensar. He bajado yo también la voz:

—Entonces no se lo diremos a nadie, ¿vale?

No ha sonreído. Al contrario, me ha mirado muy serio y, cuando ha ido a contestar, hemos oído el clic de la puerta de entrada y una tos en la que he reconocido al padre de Guille. He mirado mi reloj. Se había acabado el tiempo.

—Pero a nadie, nadie, señorita María —ha susurrado, echando una mirada furtiva a la puerta.

Le he cogido la mano y se la he apretado.

—Prometido, Guille. A nadie —he dicho.

Me ha parecido que se relajaba.

—Es que si papá se entera de que a veces subo y abro el cofre del tesoro para... para ver a mamá, a lo mejor se morirá de pena y entonces ya será tarde porque todavía falta mucho para hacerme mayor.

No he sabido qué decir. El pequeño respiro que Guille ha necesitado para completar ese «ver a mamá» me ha dejado tan desconcertada que durante unos instantes he clavado la mirada en el dibujo, buscando un poco de tiempo. Ha habido algo en ese titubeo que ha rechinado en el silencio del despacho, quedando suspendido sobre nosotros como una bolsa de aire espeso.

He mirado el reloj. No había tiempo para más.

Minutos más tarde, cuando veía marcharse a Guille y a su padre desde la ventana del despacho, he sentido un pequeño nudo en el estómago. Se alejaban de espaldas, cogidos de la mano como cualquier padre con su hijo de camino a casa a la salida del colegio, pero algo era distinto. Algo estaba desencajado. He seguido mirándoles durante unos segundos hasta que de pronto lo he visto:

Guille tiraba de su padre, pero no como lo hace un niño que tira de un adulto cuando está impaciente o ilusionado, o cuando tiene prisa por llegar a casa. No, no era eso. Guille tiraba de su padre como un pequeño remolcador tira de un buque cansado y a la deriva hacia puerto. «Arrastrando un peso muerto», ha sido exactamente lo que he pensado.

Vistos desde la ventana, he entendido de pronto que Sonia tenía razón y que su intuición no había estado errada: existía en efecto un iceberg y la alegría de Guille era su punta visible.

Bajo la superficie, la sombra gris del hielo parecía unir a padre e hijo en un solo bloque, expandiéndose a sus pies en un halo de misterio mientras ambos se alejaban en el silencio de la tarde.

# Guille

—¿EL COFRE del tesoro?

Nazia y yo merendábamos en la cocina de su casa. Aunque es muy pequeña y no tiene ninguna ventana, también es el comedor, el salón y donde duermen sus padres, porque tienen un sofá que se abre por las noches, con colchón y todo. Nazia nunca me lo ha dicho, pero yo creo que es mágico como una alfombra voladora y debe de ser que en Pakistán a veces tienen alfombras porque viene Aladino y otras tienen sofás para descansar.

Algunos días, cuando llegamos del cole, Rafiq, el hermano mayor de Nazia, está durmiendo la siesta en el sofá y tenemos que hablar muy bajito y merendar sin hacer ruido porque si se despierta se pone de mal humor y dice Nazia que se chiva a su padre. Cuando Rafiq se va, Nazia le recoge el plato y las zapatillas del suelo mientras sus padres atienden en el súper porque me dijo Nazia que eso es lo que tendrá que hacer cuando se case con el señor gordo del bigote que sale en la foto del álbum y que así ya lo habrá aprendido, pero hoy Rafiq no estaba porque los martes va a ayudar en el locutorio de su tío, así que hemos terminado de hacer los deberes y he metido el vaso de Cola Cao en el fregadero. Como de camino de la escuela le he contado a Nazia que el jueves la señora María me mandó dibujar el cofre del tesoro, ella me miraba así, con las cejas un poco juntas, esperando a que le contara.

—El cofre del tesoro es una caja que papá guarda encima del armario con cosas muy chulas de mamá para que yo no las vea —le he dicho—, pero cuando él no está a veces subo con la escalera y me la llevo a la cocina para mirar lo que hay dentro.

—¿Y por qué tu padre no te deja verla?

—Porque son cosas de mayores.

—¿De mayores?

—Sí.

—¿Pero de mayores cómo las películas americanas de discotecas o mayores como de casarse y tener una familia?

—No lo sé.

Nazia ha puesto una cara un poco rara. Y luego:

—¿Pero tienes que dibujar el cofre solo por fuera o también por dentro?

—Por fuera y por dentro.

Nazia se ha subido al escalón de madera y se ha puesto a lavar los vasos y los platos en el fregadero. Cuando los secaba ha dicho:

—Si quieres te ayudo.

—No sé.

Nos hemos sentado a la mesa y como yo no sabía dibujar la caja por fuera y también por dentro porque en la misma hoja no se puede, Nazia ha dicho que mejor la dibujara como si miráramos la caja abierta desde arriba. Luego también me ha dado un lápiz.

La he mirado, pero no he hecho nada.

—Es que a lo mejor, como es un secreto porque es la caja de papá, no puedes verlo —le he dicho.

—Ah.

—Sí.

—Bueno. Pues me tapo con el velo y así no veo. —Se ha bajado el velo y se ha reído un poco. Luego ha mirado el reloj que estaba encima de la nevera—. Pero date prisa, porque si no volverá Rafiq y no nos dará tiempo de ensayar.

—Vale.

Cuando he visto que ya no miraba, me he puesto a dibujar. He tardado un poco, porque al principio no me cabía todo y he tenido que borrar unas cuantas veces. Además, solo tenía un lápiz. Pero al final se me ha ocurrido una cosa para ir más rápido y meter todo lo que hay en el cofre. Bueno, casi todo.

—¿Ya? —ha preguntado Nazia desde el sofá.

Le he dicho que sí, pero todavía me faltaba meter una cosa, aunque no sabía cómo, porque como papá siempre lo pone al fondo de todo para que yo no lo encuentre, ya no me quedaba sitio. Luego, mientras sacaba los disfraces de la bolsa de gimnasia para ensayar, porque como a Nazia sus padres no la dejan disfrazarse siempre quiere que los lleve yo, se me ha ocurrido que lo mejor era ponerlo en la otra cara de la hoja y ya está. Hemos encendido el ordenador y nos hemos puesto a cantar, pero solo un poco, porque cuando Nazia se ha vuelto a equivocar con la letra de la canción y ha dicho tres veces «Superclarifisticolidoso» me he enfadado un poco, bueno mucho, y ella se ha callado y ha dicho, tapándose la boca con el velo:

—Es que... no puedo, Guille. Es muy difícil.

Nos hemos quedado callados un rato corto y luego hemos pensado, hasta que me he acordado de Mary Poppins y también de lo que mamá siempre dice cuando no sé hacer una cosa o algo me da miedo.

«Prueba del revés, Guille», dice.

He mirado a Nazia.

Y entonces he tenido una idea.

—¿Y si probamos del revés? —le he dicho.

Ella me ha mirado raro y se ha tapado la boca con la mano, pero no se ha reído ni nada. Luego ha preguntado:

—¿Del revés, cómo?

—No sé. Del revés.

Nos hemos quedado callados otro ratito. Fuera se oía el cling-cling de la caja registradora y el schhh de las bolsas de plástico, que es cuando la madre de Nazia mete las cosas para que los señores y las señoras se las lleven a casa.

—A lo mejor podríamos hacer otra cosa para la función —ha dicho Nazia, rascándose el pelo por debajo del velo—. Más fácil.

Se me ha hecho una bola aquí, en la garganta, y me han escocido un poco los ojos, pero enseguida ella ha dicho:

—Podríamos contar un cuento o algo. —Y luego, como yo seguía con la bola en la garganta—: De hadas.

—¿De... hadas?

—O de... ¡de azafatas que viajan mucho porque así a lo mejor no tienen que ser princesas y aburrirse en casa todo el rato!

Me he tragado la bola y le he dicho que no con la cabeza, pero mirando al suelo.

—Es que tiene que ser de Mary Poppins.

—¿Por qué?

—Porque si no, no será mágico y entonces no servirá.

Nazia me ha mirado raro, pero ha dicho que sí con la cabeza un poco despacio.

—Ah, claro.

Nos hemos sentado en el sofá mientras en la pantalla del ordenador iba saliendo todo el rato la canción de Disney Channel con la letra así muy gordota para que pudiéramos cantarla bien y la viéramos desde muy lejos, y entonces he visto los disfraces que estaban encima de la mesa.

—¡Creo que ya lo tengo! —le he dicho.

—¿Sí? —ha dicho, poniendo así los hombros, hacia arriba.

—¡Sí! ¡Ya verás!

# María

AYER GUILLE LLEGÓ a la consulta un poco antes de las 18:00, exactamente a las 17:47. Yo repasaba en ese momento un informe y al oír el timbre hice algo que no suelo hacer: antes de levantarme para abrir, me asomé a la ventana. Fue un gesto instintivo, nada importante. Guille estaba delante de la puerta de la caseta y leía un trozo de papel amarillo que, desde donde yo estaba, parecía arrugado y emborronado. Iba alternando el peso del cuerpo de un pie al otro y manoseaba el papel con los dedos de una mano, mientras con la otra se rascaba distraídamente el cuello. Cuando me aparté, un golpe de brisa sacudió levemente la veleta de la fuente que está delante de la ventana y el chirrido del hierro sacó a Guille de su ensimismamiento. Se volvió bruscamente a mirar a la fuente y durante una décima de segundo pude verle los ojos.

Me quedé pegada al cristal.

Entendí en ese momento que era la primera vez desde que conocía a Guille que veía en sus ojos la mirada de un niño de nueve años.

«El iceberg», oí la voz de Sonia en mi cabeza

mientras me apartaba de la ventana para evitar que me viera. Enseguida fui hacia la puerta. Cuando le abrí, el trozo de papel había desaparecido.

—Llegas temprano.

Dijo que sí con la cabeza. Nada más. Me hice a un lado y entró directamente al despacho, sentándose en su silla con aire resuelto. Le seguí. En cuanto ocupé mi sitio, él abrió una carpeta de gomas y puso encima de la mesa el dibujo que yo le había pedido la semana anterior. Luego lo empujó hacia mí.

—El cofre del tesoro —dijo.

—Gracias.

Intenté reprimir una sonrisa al ver el dibujo. Obviamente, Guille había intentado plasmar el contenido del «cofre» visto desde arriba, porque se veían los restos de algunos objetos dibujados y luego borrados en el interior de la caja. Al intentar dibujar exactamente el contenido del cofre, se había encontrado con que no sabía superponer un objeto sobre el otro y, después de varios intentos, había encontrado una solución que revelaba mucho más de él que cualquier dibujo.

En lugar de dibujar, había decidido describir, y para ello había utilizado la hoja en vertical, dividiéndola en dos partes y titulando la mitad superior «LA BUHARDILLA» y la inferior «LA PORTERÍA». En cada una de las dos partes había escrito una lista de cosas que acompañaba con una breve descripción:

## LA BUHARDILLA

1-La tortuga-joyero verde de mamá que brilla un poco y dentro tiene un collar, algunos pendientes que brillan a veces y un reloj que a lo mejor es de oro y muy caro.

2-Una caja pequeña negra como de zapatos con fotos mías, otras de mamá vestida de azafata delante de un avión muy limpio y otras de cosas que yo no sé porque son de hace mucho tiempo y yo no estaba.

3-Una carpeta marrón sin gomas donde pone «hipoteca y coche». Y también «Recibos pendientes».

4-Dos libros en inglés que no son de Mary Poppins porque no tienen dibujos ni canciones.

5-Una libreta verde con borde de oro y un candado muy pequeño como de cuento que no se abre.

## LA PORTERÍA

1-Un oso de peluche que se llama «Renato» y que lleva una etiqueta con la letra de papá que dice: «Vuelve siempre a la osera. Hoy hace un año del primer abrazo».

2–Un juego de cartas con un señor mago de colores en la caja que pone «Tarot de Marsella».

3–Un pañuelo azul que huele mucho a mamá aunque ella esté lejos.

4–Una foto grande con un marco de madera oscura de mamá y papá con mucha gente riéndose porque ella llevaba un vestido blanco y flores en el pelo y papá una chaqueta negra un poco grande, pero bueno.

5–Unas cartas atadas con una cinta azul que son menos de cien pero más de cincuenta o a lo mejor no.

Cuando terminé de leer en voz alta y fui a coger la hoja para guardarla en el archivo de Guille, él movió tímidamente la mano hacia delante y dijo, casi en un susurro:

—Es que… falta lo otro.

Le miré, confusa.

—¿Lo otro?

Dijo que sí con la cabeza y murmuró:

—Lo de atrás. —Alargó la mano y le dio la vuelta a la hoja, depositándola una vez más sobre el escritorio.

«Lo de atrás».

En la cara posterior de la hoja, Guille había completado su lista particular. Y lo había hecho así:

# EL SÓTANO

1-El álbum de piel marrón, que está debajo de todo para que nadie lo encuentre, porque como es el tesoro de papá y es un secreto, así es mejor.

Durante unos instantes no supe qué decir. Obviamente Guille debía de haber incluido el álbum en el último momento, porque el texto estaba escrito con una letra más descuidada que la del resto de la lista, y no con lápiz, sino con un rotulador de punta fina.

—Vaya, el álbum de piel marrón. —Dejé la hoja encima de la mesa.

Guille me miró, pero no dijo nada. Decidí tantearle.

—Mmmm… está muy al fondo del cofre, ¿verdad?

—Sí —dijo.

—Pues si tu papá lo tiene tan escondido, debe de ser muy valioso.

Asintió, pero no me miró.

—Seguro que dentro hay un montón de cosas misteriosas y muy chulas.

Guille se movió en la silla, incómodo. Silencio.

Esperé. Él tragó saliva, se metió disimuladamente la mano en el bolsillo y empezó a manosear algo, que, por el suave crujido y el roce, entendí que era el trozo de papel amarillo que desde la ventana yo le había visto guardarse mientras esperaba para entrar.

—¿Hoy no jugamos al Lego? —preguntó sin levantar la vista. En cuanto le oí, supe que algo no iba bien. La voz era la suya, pero el timbre era nuevo. Había en ella un color que nunca había estado ahí y que me puso en alerta. El tono se había contraído. Casi habría dicho que había más aire que voz.

Angustia. Eso era.

—Claro —le dije—. ¿Quieres?

Asintió un par de veces y enseguida me levanté para sacar la caja con las piezas de Lego del armario. Justo cuando había llegado a la caja y estaba a punto de sacarla, le oí decir a mi espalda:

—Es que es el álbum de mamá.

Al volverme, Guille seguía manoseando el trozo de papel sobre sus rodillas y me miraba tan concentradamente que opté por seguir donde estaba y respetar la distancia física que nos separaba. Había cosas nuevas en esos ojos. Y ganas de compartirlas.

—Ah, claro. Por eso es tan valioso —le dije, con una sonrisa—, porque dentro hay fotos y cosas de tu mamá que para tu padre son un tesoro.

Él empezó a mover la pierna arriba y abajo, muy despacio primero. Cada vez más deprisa.

—No —dijo.

Apoyé la espalda en la estantería, respiré hondo y

le miré allí sentado, moviendo la pierna y manoseando el trozo de papel mientras pasaban los segundos y el silencio lo llenaba todo.

Al ver que no decía nada más, decidí intervenir.

—Guille, ¿hay algo que te gustaría contarme?

Silencio.

Me acerqué, rodeé el escritorio y me arrodillé a su lado. Al hacerlo, me fijé en que a sus pies había otro papel como el que tenía en las manos. Vi que eran iguales, del mismo color y tamaño, y me di cuenta de que eran post-its. Supuse que el que estaba en el suelo debía de habérsele caído del bolsillo.

—Se te ha caído un papel —le dije, intentando interrumpir de algún modo el bucle en el que parecía metido. Él bajó un poco la cabeza y pareció encogerse.

—Sí.

Nada más.

—Guille... —Le puse la mano en la rodilla y dejó de mover la pierna, como si mi contacto le hubiera provocado una descarga, pero siguió sin decir nada, con las dos manos sobre el post-it, hasta que por fin habló.

—Es que... ayer pasó una cosa —dijo con la voz encogida.

«Vaya, así que era eso».

—¿Ah, sí? —pregunté con un tono que intenté que fuera casual. No contestó—. Vaya. —Me levanté despacio y me senté delante de él encima del escritorio, cruzando los pies—. Y esa cosa que pasó ¿es... muy gorda?

Silencio.

—¿Quieres contármela? ¿O prefieres que juguemos un poco con el Lego?

Tardó en contestar. Cuando lo hizo, levantó la vista hacia el reloj.

—Es que... es un poco larga.

Miré yo también el reloj. Eran las 18:23.

—No te preocupes por eso —le tranquilicé—. Tenemos tiempo.

Él se miró las manos y suspiró.

—Bueno —dijo. Volvió a mirar el reloj antes de lanzar una mirada furtiva a la puerta—. ¿Y si viene papá?

—Tranquilo. Si viene y no hemos terminado, esperará en la salita.

—Vale.

Volvimos a quedarnos callados. Al otro lado de la ventana, la veleta volvió a chirriar y Guille parpadeó. Esperé unos segundos más, me incorporé y rodeé la mesa para sentarme en mi sitio. Cuando creí que iba a empezar a contarme, se agachó y recogió el post-it que tenía a los pies, dejándolo despacio encima del escritorio. Luego me miró:

—Tengo más —dijo.

Sonreí. Él cogió su cartera, la abrió y sacó un puñado de papeles que dejó junto a los otros dos. Luego los empujó hacia mí.

—¿Para mí?

Dijo que sí con la cabeza y también sonrió. Parecía más tranquilo.

—Pero tendremos que ordenarlos.

—Claro.

Luego, silencio. Guille se rascó la cara un par de veces y por fin, después de dejar escapar un largo suspiro, empezó a contar.

# Guille

LO QUE PASÓ ES que como Nazia no puede cantar bien porque se equivoca todo el rato con la letra y falta muy poco para la función, pues decidimos probar al revés. Ella sería Bert, que es el deshollinador de la calle que también pinta cuadros en el suelo del parque, y yo, Mary Poppins, porque como Bert solo tiene que bailar con la escoba, cantar «tiririti-tiririri-tiri» unas cuantas veces y una estrofa muy fácil que dice: «De niño me acostumbré a tartamudear, mi padre la nariz me torció para enseñarme a hablar, hasta que un día yo escuché cuando era ya mayor, la frase con más letras, la palabra más atroz», pues ya está.

—Yo me pongo tu disfraz y tú el mío —le dije a Nazia.

Ella se tapó la boca y se rio un poco. Luego miró hacia la puerta de las cortinas de tiras de plástico y dijo que no con la cabeza.

—No puedo.

—¿Por qué?

—Porque es un disfraz de chico, con pantalones cortos y todo.

—Pues claro. Bert es un hombre, ¿o no te acuerdas?

—Sí.

—¿Entonces?

—Es que... mi hermano no me deja.

—¿Por qué?

—Porque no se puede.

Volví a sentir la bola aquí, en la garganta.

—Pero si es de mentira, tonta —le dije, riéndome un poco, aunque no me salió muy bien—. Es solo para disfrazarnos. Y eso no cuenta.

Nazia me miró un rato corto y después miró también a la puerta. Luego dijo:

—¿Seguro?

—Claro.

Cogió del sofá mis pantalones cortos del disfraz, que son los de gimnasia del colegio, y se los puso así, por encima como un delantal.

—Pero solo para probar, ¿vale? —dijo.

—Vale.

Como hacía frío en la cocina empezamos a quitarnos la ropa muy deprisa para cambiarnos, yo detrás del sofá y ella delante de la tele porque nos daba un poco de vergüenza. Cuando terminamos, Nazia se quedó en braguitas y yo en calzoncillos, y de repente la cortina de colores de la entrada hizo «shhhh shhhh shhhh» y Rafiq nos miraba desde la puerta con cara de estar muy enfadado y con una O muy grande en la boca. Luego entró corriendo hasta el armario, abrió un cajón, cogió una manta llena de colores como una alfombra de Simbad el Marino y envolvió a Nazia con ella mientras gritaba cosas que yo no entendía y que seguro que eran en paquistaní, porque a veces cuando su madre la llama al móvil a la salida del cole, Nazia habla así, rápido, rápido, «lihilihalihiliha» todo seguido, como cantando con la ele y la hache todo el rato pero distinto.

Entonces Rafiq me miró y dijo, gritando mucho y haciendo así con las manos en el aire:

—¿Y tú qué hacer? Cambiar la ropa, vístese y fuera de aquí. ¡Vamos, vamos, qué esperando!

Así que me puse corriendo los pantalones y la camiseta por encima, y también el jersey y el anorak, y me hice un poco de pis, pero muy poco, mientras metía los disfraces en la bolsa y salía corriendo por el pasillo de las galletas del súper hacia la calle. Desde la cocina, Rafiq gritaba cosas en paquistaní cada vez más alto y Nazia también, aunque me parece que lloraba, y la madre de Nazia, que estaba en la caja, se levantó al verme pasar y empezó a decirme algo, aunque ya no sé más porque corrí todo lo que pude hasta el portal de mi casa y subí también corriendo las escaleras porque el ascensor está estropeado desde el lunes con el cartel rojo. Como papá estaba en el gimnasio, porque era martes y los martes tiene kick-boxing, me fui a mi cuarto, me puse el pijama y puse el DVD de Mary Poppins por la parte de cuando se van los cuatro por los tejados de Londres y cantan y bailan todos juntos con los deshollinadores, que es una de las que más me gustan y ya está.

Bueno, no.

También está lo de ayer.

Pero eso es diferente porque es otra cosa.

Lo que pasó ayer es que Nazia no vino a clase por la mañana. Yo no me atreví a preguntarle a la seño si sabía por qué. Tenía miedo de que Rafiq o sus padres se hubieran enfadado mucho y hubieran llamado al señor gordo del bigote que está en el álbum para que viniera desde Pakistán a llevarse a Nazia a un harén por mi culpa, pero luego pensé que a lo mejor ella se había resfriado por haberse quedado en braguitas con tanto frío y, bueno.

Me callé y esperé todo el día, primero hasta el recreo y luego hasta la hora de comer, pero no pasó nada. Por la tarde Nazia tampoco vino y a la salida del cole no pasé por el súper porque me dio miedo encontrarme con Rafiq. Así que hoy, cuando la he visto llegar a clase y se ha sentado a mi lado como siempre, al principio no sabía qué decir, porque me daba un poco de vergüenza, y luego le he dicho hola.

Ella me ha mirado y ha dicho que no, así, con la cabeza, y también se ha tapado un poco la cara con el velo.

—¿No? —le he preguntado, mientras la señorita

Sonia borraba de la pizarra los ejercicios de Matemáticas de ayer a última hora para escribir las preguntas del examen de Lengua. Y como ella no decía nada, he bajado la voz porque empezaba la clase—: ¿No qué?

Nazia me ha mirado muy rápido de lado y luego ha abierto el cajón. Ha despegado del bloc una hojita de esas amarillas que se pegan por un lado y ha escrito una cosa. Luego me la ha dado.

«Mis padres no me dejan hablar contigo. A la hora del patio nos vemos en el lavabo».

Entonces la mañana ha pasado muy despacio, sin hablar ni nada: primero ha tocado dictado y examen y después clase de dibujo, con las cuadrículas y todo, que son un rollo porque a mí nunca me salen. Luego ha sonado el timbre y Nazia se ha levantado la primera para salir al pasillo, y cuando estaba en la puerta me ha mirado así, un rato muy corto, como hacen los espías de las películas de James Bond cuando van a decirse cosas secretas, y después he salido yo, aunque he esperado un poco para disimular.

—No me dejan hablar contigo —me ha dicho cuando he entrado al baño del fondo del pasillo y nos hemos encerrado en el retrete que olía un poco mal, porque los jueves los de P3 y P4 salen al patio antes que nosotros y a veces les dejan usar el baño del primer piso—. Mi hermano y mi padre se enfadaron mucho y no me querían dejar volver al cole nunca más, pero mi madre dijo que tengo que estudiar y que no puedo faltar a clase porque si falto vendrá la señora Amelia, que es la asistente social, y entonces tendremos problemas. Cuando mamá dijo lo de la señora Amelia, Rafiq se puso muy rojo y dijo: «No, no, no, mejor que no», y también que tengo prohibido hablar contigo hasta las vacaciones por lo menos, y después ya veremos, porque en Navidad a lo mejor nos vamos a Pakistán a ver a mis primos, y van a pedirle a la seño que me cambien de sitio en clase y que me pongan con una niña. Lo dice el Corán, aunque el Corán dice muchas cosas, tantas que ahora no me acuerdo de todas porque es muy gordo, como el libro de Lengua pero más, y muy difícil.

Mientras Nazia hablaba yo iba desenvolviendo el bocadillo que papá me ha preparado esta mañana con pan de ayer. Es que como se va a dormir tan tarde para hablar con mamá en el ordenador, por la mañana nunca se levanta temprano, porque tiene sueño. Aunque yo ya no tenía hambre.

—Pero... pero... si no puedes hablar conmigo... ¿cómo vamos a ensayar? —le he preguntado a Nazia.

Ella se ha metido en la boca un trozo de empanadilla de las que hace su madre con carne y cosas picantes y ha mirado al suelo como si se le hubiera caído algo. Y luego:

—Tampoco me dejan actuar en la función.

He sentido que me picaban los ojos, primero un poco y luego más, y también un frío raro que me subía por la espalda hasta la cabeza y una bola de algo en el cuello. Quería decir muchas cosas, pero no sabía por dónde empezar porque estaban todas desordenadas, como los rompecabezas de cien piezas o más de castillos de Baviera, que es donde vivió Sissi Emperatriz y que papá empieza a hacer en la mesa del salón desde que mamá se fue y que nunca termina. Bueno, parecido.

—Entonces... ¿no habrá función? —Nazia no me ha mirado—. ¿Y nunca más podremos hablar? Y... ¿Y ya no vendrás a casa? ¿Ni jugaremos? ¿Y con quién merendarás?

Ella ha dicho que no así, con la cabeza, muy despacio, como si pensara, pero con los ojos cerrados. Y después:

—No, no habrá función. Ni meriendas.

Entonces ha sido cuando hemos oído a los gemelos Rosón y a Javier Aguilar que se insultaban en el patio y luego a alguien que gritaba «pelea, pelea, pelea». Enseguida la voz del señor Estévez, que es el profesor de Matemáticas de cuarto y tiene una ceja muy grande y muy negra que le ocupa toda la frente de tanto pensar, ha dicho: «Basta, niños. Basta, he dicho. Tú, al despacho del director. Y vosotros venid conmigo, demonios».

Y después ya no hemos oído nada más.

Nazia me ha mirado y ha sonreído, pero sin el pañuelo ni nada.

—Pero es que eres mi amiga... —le he dicho.

—Ya.

Entonces se me ha ocurrido una cosa.

—A lo mejor solo te castigan hasta las vacaciones y cuando vuelvas de Pakistán ya se les habrá olvidado y te perdonan.

Ella no ha dicho nada.

—Y a lo mejor no te cambian de sitio y podemos escribirnos mensajes. Así nadie se dará cuenta. Y también podemos venir aquí durante el recreo. Nunca nos han visto.

Nazia me ha mirado un poco raro y luego me ha cogido una mano. Me ha dicho muy bajito:

—Guille, tienes que hacer la función tú solo.

—¿Yo solo?

—Sí.

—Pero...

—Y cantar muchas veces la palabra mágica de Mary Poppins sin equivocarte, para que pase algo antes de Navidad y todo se arregle, porque si no... —Se ha callado y ha respirado mucho una, dos y tres veces—. Por favor, por favor, por favor. Di que sí... —Y ya no ha dicho nada más, porque ha sonado el primer timbre y ella no me soltaba la mano, que se movía así sola todo el rato y como me ha parecido que le temblaba mucho la voz, me ha dado vergüenza y no sabía si abrazarla, como me abraza mamá cuando de noche tengo miedo, o mirar por la ventana, como hace papá cuando vemos juntos una peli el domingo por la tarde después de comer y sale una cosa triste y él traga una, dos y tres veces y mira a otro sitio un rato corto y yo sigo viendo la tele porque sé que a él no le gusta que le vea.

Entonces Nazia me ha cogido la otra mano y ha dicho así, muy deprisa:

—Prométemelo, Guille. Por favor, por favor, por favor. ¿Me lo prometes?

# María

EL TICTAC DEL RELOJ que estaba encima del escritorio resonó de pronto en el silencio del despacho al tiempo que Guille recorría las paredes con la mirada y se encogía de hombros, mientras al otro lado de la puerta su padre se sentaba con un pequeño suspiro en la silla del recibidor y algo —un bolígrafo, probablemente— se le caía al suelo. El hombre maldijo entre dientes.

La mirada de Guille era una mezcla de alarma e interrogación.

El reloj marcaba las 18:57.

—Tranquilo —le dije—. Hay tiempo.

Siguió sin decir nada.

Desde el momento en que Guille había empezado a contar lo ocurrido con Nazia, sus manos habían estado ocupadas desdoblando, alisando y volviendo a doblar el post-it que había recogido del suelo. A ese había sumado los que todavía le quedaban en la cartera, de modo que en ese momento los tenía todos perfectamente ordenados delante de él en un pequeño montón.

En el silencio que nos envolvía, Guille cubrió los

post-its con la mano y los deslizó sobre la mesa hacia mí. Fue un gesto tímido y también cómplice.

—¿Para mí? —le pregunté, sin tocarlos.

Dijo que sí con la cabeza y sonrió. No fue una sonrisa alegre. Al ver la letra torcida y desbaratada del post-it que estaba encima entendí que al menos parte de los papeles no los había escrito él.

—¿Son los papeles que Nazia y tú os habéis escrito hoy después de volver del lavabo?

—Sí —dijo. Luego ladeó un poco la cabeza y se rascó la rodilla—. Bueno, no.

—Ah.

—Es que yo no escribo. La que escribe es Nazia.

Volví a mirar el montón de papeles.

—Vaya. ¿Y eso?

Dejó escapar el aire por la nariz, como si la obviedad de la pregunta le hubiera fastidiado.

—Pues porque la que está castigada sin hablar es ella —dijo con una nueva sonrisa, esta más relajada—. A mí sí que me dejan.

La lógica de la respuesta me obligó a disimular la risa con una falsa tos.

—Claro.

Él volvió a mirar el reloj.

—¿Quieres que te los guarde? —le pregunté, sin tocar todavía los papeles.

Pareció pensar su respuesta. Solo fueron unos segundos.

—Sí. —Se volvió a mirar hacia la puerta e, inclinándose hacia mí, bajó la voz para añadir—: Es que a lo mejor se me caen otra vez, pero en casa, y si papá los encuentra... —Agitó la mano en el aire y abrió más los ojos.

Sonreí.

—¿Crees que se enfadaría?

Dijo que sí varias veces con la cabeza.

—Un poco. O más.

—¿Por qué?

Se mordió el labio inferior y se rascó la nariz.

—Es que es un secreto.

—Ah.

—Sí.

—Bueno, entonces si es un secreto no se lo diremos a nadie, ¿vale?

—Vale.

Me miró como si esperara que le preguntara por el secreto, pero decidí no hacerlo. Preferí dejar que fuera él quien marcara los tiempos. Al otro lado de la puerta, el padre de Guille carraspeó y se movió en la silla. Guille tragó saliva y, pasando la mano por la madera del escritorio, dijo bajando la voz:

—Es que... voy a hacer el número de la función de Navidad.

—Ah, muy bien. —Miré el reloj: las 19:04—. ¿Y buscarás a alguien para que sustituya a Nazia?

Negó con la cabeza.

—Entonces, ¿cantará solo Bert?

Guille bajó la mirada y volvió a acariciar la madera del escritorio.

—No. —Despacio, muy despacio, recorrió con los ojos las paredes del despacho, como si buscara algo, hasta que por fin su mirada se encontró con la mía. Entonces dijo, casi en un susurro—: Seré Mary Poppins. —Sonrió un poco, pero la sonrisa no prosperó—. Sin Bert ni nada. Solo cantaré y bailaré muy poco, porque con el disfraz es un rollo, pero bueno.

No dije nada. Esperé.

—Pero no se lo dirá a papá, ¿verdad? —preguntó, mirando de reojo hacia la puerta.

—Te lo prometo.

—Es que si no canto la palabra mágica, Nazia tendrá que irse por Navidad y papá ya no se pondrá bueno nunca más y...

Al otro lado de la puerta, Manuel Antúnez volvió a carraspear. Esta vez la carraspera llegó acompañada de una especie de silbido que he oído a veces en algún móvil. Un mensaje.

Guille parpadeó.

—A lo mejor tengo que marcharme —dijo.

—¿Quieres?

Se encogió de hombros y sus ojos tropezaron con la hoja de papel con la que había llegado a la consulta. De repente, al seguir la dirección de su mirada, me vino a la memoria su lista y su cofre del tesoro y me acordé también de que habíamos dejado la conversación en el aire.

«El álbum de piel marrón», pensé. Rebobiné mentalmente hasta el punto exacto donde habíamos dejado mi última pregunta y su respuesta.

—Solo una cosita más antes de irte —le dije, al ver que se agachaba a coger la mochila y se preparaba para levantarse. Me miró y echó una mirada fugaz al papel. Luego se quedó quieto como un gato deslumbrado por los faros de un coche—. ¿Qué hay exactamente en el álbum de piel marrón, Guille?

IV

UN RAMO DE FLORES
BLANCAS, LAS SÁBANAS MOJADAS
Y LA HABITANTE DEL ÁLBUM
DE PIEL MARRÓN

# Guille

ALGUNOS DOMINGOS voy con papá al cine, pero solo por la tarde, porque por la mañana está cerrado. Con mamá, antes de que se marchara, iba poco, porque a ella le gustaba más jugar a cosas y también ver películas en el ordenador. Preparaba palomitas en el microondas y luego les ponía mantequilla y nos sentábamos los dos en el sofá con la manta de dibujos mágicos que pone «madeinturkey» en la etiqueta y que trajo una vez de un sitio que se llama Estambul, que no es Pakistán, aunque papá dice que allí todos los hombres llevan bigote y las mujeres se parecen a la madre de Nazia, porque se les ve muy poquito la cara.

Las preferidas de mamá son las películas en las que cantan todo el rato, sobre todo las de mujeres rubias. Le gustan muchas, pero la que más es *Sonrisas y lágrimas*, porque sale Mary Poppins disfrazada de monja, que también se llama María, aunque los niños de la familia Trapp no lo saben, porque, claro, como son de Austria, es mejor así para que no los atropellen con sus coches grises los alemanes, que son los malos. También le gusta mucho una muy divertida que se llama *La boda de Muriel* y que va de una chica gorda llena de pecas que vive en Australia y que tiene amigas muy malas porque son guapas y ella no. Mamá se sabe todas las canciones, y algunos domingos, cuando papá no estaba, porque a esa hora se iba al gimnasio o a veces al fútbol, nos quitábamos los zapatos, nos poníamos de pie en el sofá y cantábamos y bailábamos la de *Mamma mia* como Muriel y su amiga, con las pelucas y los trajes plateados así, espalda con espalda. También hay otras pelis que a mamá le gustan mucho, que son unas que ella llama «clásicos», pero que a mí me aburren porque como son viejas nunca salen los colores, y también está mi preferida, que a mamá también le gusta mucho y a papá no y que se titula *Billy Elliot*.

Mamá dice que Billy se parece un poco a mí. Bueno, un poco mucho, porque la madre de Billy también es inglesa, aunque yo no sé bailar muy bien y a lo mejor ya no aprendo nunca. Es que el año pasado por mi cumpleaños les pedí a papá y a ella que me apuntaran a una academia de ballet que hay al otro lado de la plaza, como Billy pero en español, y mamá se puso muy contenta y aplaudió así una, dos y tres veces, pero papá dijo:

—Hum... ya veremos.

Y eso quiere decir que no. Lo sé porque también lo dijo cuando mamá quiso quedarse con el perro de la señora Arlés porque ella estaba demasiado mayor para cuidarlo, y al final se lo llevó su sobrina al pueblo.

Pero desde que mamá no está, ya no vemos nunca películas con manta. Ahora vamos a un cine que se llama Multisala y papá compra las palomitas en un bar, aunque a mí no me gusta mucho porque no veo. Además, en las pelis no cantan nunca y yo creo que papá se aburre porque siempre está mirando el móvil y mandando mensajes.

Otros domingos, tío Enrique y tío Jaime, que no son mis tíos de verdad ni nada pero es como si lo fueran, nos pasan a buscar en la furgoneta y vamos al Universitario. Papá y los tíos juegan en un equipo de rugby que casi nunca gana y a veces, después del partido, si se han peleado, papá y yo volvemos a casa en metro y paramos a comprar una pizza en la pizzería del señor Emilio, que suda todo el rato, lleva un cucurucho blanco en la cabeza y es argentino, aunque no de Buenos Aires.

—No, porteño, no. Yo de Rosario, como Messi —dice siempre dándose golpecitos en el pecho y señalando una foto que tiene colgada encima del mostrador donde está él abrazado a un hombre pequeño y feo que tiene el pelo muy corto y sonríe con la cara muy blanca. Un día mamá me dijo que el señor Emilio siempre está de mal humor porque su mujer se fue de vacaciones con su hija y ya no volvió. Es que se le olvidó o algo, ahora no me acuerdo, aunque conmigo siempre es muy bueno, y desde que mamá no está, cuando ve a papá, le da la mano muy fuerte y le dice: «Che, ¿cómo lo llevás, che? Qué bueno verte».

Pues lo que pasó ayer es que cuando llegamos al Universitario con los tíos y con papá, me quedé sentado en la grada para ver el partido, que siempre es muy largo porque dura mucho. Entonces se sentó a mi lado una señora con una niña. Al principio no dijeron nada ni yo tampoco, porque como eran negras yo no sabía si hablaban español, pero enseguida la señora me dijo:

—Tú eres Guille, el hijo de Manuel, ¿verdad?

Le dije que sí y ella hizo así con la boca, como si le doliera un poco una muela. Luego acarició la cabeza de la niña, que la tenía llena de trenzas con muchas cosas de colores, como caramelos, mientras yo miraba al campo para ver si veía al marido de la señora y al padre de la niña, pero fue muy raro porque no vi a ningún hombre negro. La señora dijo:

—Pobrecito, ya me lo parecía.

No supe qué decir, pero tampoco me dio tiempo, porque enseguida dijo:

—¿Y cómo estás?

—Muy bien, gracias.

La mujer volvió a torcer la boca y dijo que no con la cabeza. Luego ya no pudo decir nada más, porque la niña se acercó y dijo:

—Hola. Me llamo Lisa.

—Hola.

—¿Quieres que vayamos a coger flores? En el campo de allí detrás hay muchas. Llega para dos ramos.

Casi le dije que sí, pero luego me acordé de que papá siempre dice que tengo que quedarme sentado en la grada para aprender a jugar al rugby, porque así a lo mejor muy pronto podrá apuntarme al equipo de los alevines, aunque a mí me da un poco de miedo la pelota, que parece un melón y que bota raro. Es que nunca sabes dónde va. Y también me da miedo cuando se empujan para hacerse daño, pero todavía no se lo he dicho a papá para que no se enfade.

Lisa se había quedado esperando a mi lado y yo no sabía qué hacer. Miré al campo y se me ocurrió que si no nos entreteníamos mucho, papá no se daría cuenta. Entonces ella me dio la mano y echamos a correr hasta un jardín que había al otro lado, cerca de la valla que rodeaba las piscinas y la pista de baloncesto.

—¿Por qué mi mamá te llama «pobrecito»? —preguntó Lisa cuando entramos al jardín.

—No lo sé.

—¿Tu papá también juega al rugby? —dijo.

—Sí.

—¿Y tu mamá por qué no viene a verle como la mía?

—Porque no está.

—Ah.

—¿Y cuándo va a venir?

—No lo sé.

La hierba estaba alta y había algunas bolsas y papeles, pero también muchas flores pequeñas blancas, amarillas y violetas. Lisa enseguida se agachó y se puso a coger algunas, pero de repente se levantó.

—¿Y quién os da de cenar? —dijo.

—Nosotros.

—Ah.

Estuvimos un rato cogiendo flores y después Lisa me ayudó a hacer un ramo con unas ramas pequeñas que crecían al lado de la verja mientras cantaba una cosa que yo no sabía lo que era porque parecía francés y luego volvimos cada uno con su ramo a la grada. Cuando llegamos ya estaba un poco oscuro y no quedaba nadie jugando en el campo. La madre de Lisa estaba de pie al lado de un hombre rubio y también vi a papá y a los tíos y a otros señores que juegan con ellos, todos con el pelo mojado y las mochilas colgando.

Nos acercamos y Lisa le dio su ramo a su madre negra. La madre de Lisa le dio un beso y yo me acerqué a papá, que estaba de espaldas y hablaba con los tíos y se reía.

—Para ti —le dije, dándole el ramo.

Papá se dio la vuelta, pero no dijo nada. Los tíos y los otros señores tampoco.

—Son como margaritas, pero más pequeñas —le dije, porque me pareció que como ya estaba un poco oscuro no sabía muy bien lo que eran—. ¿A que se parecen a las que Mary Poppins lleva en el sombrero?

Papá siguió sin decir nada, pero se había puesto un poco rojo y movía así el pie, pisando rápido con la punta, y también hizo «jjjjjjjjjj» una y dos veces con la garganta. Entonces, el señor rubio que estaba al lado de la madre de Lisa se acercó y se agachó. Y dijo:

—Son muy bonitas, Guille.

—A mamá le gustan las rojas, pero no había.

El señor sonrió mirando al suelo y me dio una palmada en la mejilla, pero muy floja.

—Ya. A lo mejor puedes regalarme el ramo a mí. Las blancas me gustan mucho.

—¿Sí?

—Sí.

—Bueno.

Se lo di y él me despeinó un poco y olió el ramo. Luego dijo:

—¿Y tú cómo sabes tantas cosas de Mary Poppins?

—Pues porque cuando sea mayor voy a ser ella. Es que es como los magos pero mejor y además vuela sin alas, ¿a que sí, papá?

Papá volvió a hacer «jjjjjjjj» con la garganta y antes de que el señor se levantara, me puso la mano en el hombro y dijo con esa voz que se le pone cuando se enfada, pero sin gritar ni nada:

—Déjate de flores y de tonterías y vámonos, que se ha hecho muy tarde. Y mejor cogemos el metro. Así pasamos a por unas pizzas antes de subir. Venga, andando.

Entonces, cuando llegamos a la boca del metro y vi a un abuelo negro y mayor que tocaba una trompeta muy grande, me acordé de que el señor que estaba con la madre de Lisa era rubio.

—¿El padre de Lisa es ese señor rubio que estaba con su madre en la grada? —le pregunté a papá mientras él metía la tarjeta en la ranura de la máquina gris.

Papá no dijo nada. Me empujó para que pasara y luego volvió a meter la tarjeta en la máquina.

—Es que como ella es negra...

Nada. Empezamos a bajar las escaleras un poco rápido porque se oía un «brrrrrrr» que es cuando se acerca el metro.

—Qué raro, ¿no?

Entonces llegamos abajo y papá se paró de repente al pie de las escaleras, justo cuando habíamos llegado al andén, y como yo seguí andando, él me tiró del brazo un poco fuerte y se agachó:

—Cuando volvamos de las vacaciones de Navidad, te apunto a jugar al rugby y se acabó —dijo así, muy bajito, como si le doliera algo en la boca.

Después se quedó callado y muy quieto, porque me hacía un poco de daño en el brazo y, sacando mucho aire por la boca y pegando su frente a la mía, dijo—: ¿Por qué no puede ser todo más fácil, hijo? Por qué, por qué, por qué...

Enseguida me abrazó muy fuerte y me dijo algunas cosas más al oído, pero no le oí porque hablaba muy rápido y en ese momento entró el metro y hubo mucho viento. Una señora mayor con un moño gris le dijo algo a su marido, que nos miraba raro, y el señor ya no nos miró más hasta que el metro se paró y papá siguió abrazado muy fuerte a mí, con su mochila al hombro y el anorak aplastándome la cara, como hace algunas veces desde que nos hemos quedado él y yo solos en casa.

Y creo que ya está.

# María

FALTA POCO PARA NAVIDAD. Desde hace unos días el frío es muy intenso y anteayer incluso nevó durante la noche, así que por la mañana muchos padres decidieron no traer a sus hijos al colegio, con el consabido caos que eso genera. Los niños huelen ya las vacaciones y cada vez cuesta más trabajar con ellos, sobre todo con los pequeños, a los que hay que estimular con nuevos retos, juegos y actividades. El invierno escolar pesa más a medida que avanza diciembre.

El jueves pasado fue festivo y no hubo sesiones de orientación en el colegio, así que después de comer decidí trabajar un poco. Llevaba un par de días durmiendo mal.

En cuanto me despistaba, me sorprendía repasando mentalmente mi última sesión con Guille, como si hubiera pasado por alto algo importante o como si en algún momento de nuestra conversación una pieza del rompecabezas que intento armar desde nuestro primer encuentro se me hubiera caído al suelo sin darme cuenta. Notaba un hueco por el que pasaba un aire frío que me molestaba y sé que cuando eso ocurre es que, en efecto, algo no termina de encajar.

Me arrellané en el sofá y me preparé un té de frutas, puse un cedé de música clásica en el aparato y cerré los ojos. Durante unos instantes me dejé acunar por la delicadeza del piano mientras en la oscuridad de mis ojos cerrados repasaba cada escena de mi última sesión con Guille.

«Busca, María», me dije en silencio, masajeándome despacio las sienes. La música fue poco a poco vaciándome de ruido la cabeza hasta que, minutos más tarde, en el salón solo se oía el repiqueteo de la lluvia contra el cristal y los acordes del piano. Respiré hondo unas cuantas veces y busqué la relajación, intentando dejar la mente en blanco.

Fue entonces cuando, en el paréntesis de lluvia y de música, una frase de Guille saltó a la luz como impulsada por un resorte. Volví a ver su cara de angustia cuando contaba lo que Nazia le había pedido a escondidas en el lavabo. Escuché de nuevo las palabras de Nazia con la voz de Guille en mi cabeza.

«Tienes que cantar muchas veces la palabra mágica de Mary Poppins sin equivocarte para que pase algo antes de Navidad y todo se arregle, porque si no...

»Porque si no...».

Abrí los ojos.

Allí estaba. Esa amenaza velada.

¿Qué era lo que tanto temía Nazia? ¿Tan grave era como para que Guille hubiera aceptado salir a actuar solo en la función, y en el papel de Mary Poppins? ¿Era quizá una exageración de Guille? ¿Una... interpretación?

Estuve a punto de llamar a Sonia, pero enseguida recordé que había aprovechado el puente para irse de viaje a Roma con su novio, así que me pareció que era una irresponsabilidad por mi parte molestarla. Por un momento permanecí sentada en el sofá, con la cabeza apoyada contra el respaldo mientras seguía sonando la música.

Y de repente me acordé.

Los post-its. Claro.

Me levanté, fui hasta la mesa del comedor y saqué de mi cartera la carpeta en la que guardaba toda la información y el seguimiento del caso de Guille. Me senté a la mesa y abrí la carpeta por el final. Allí estaba el sobre marrón con los post-its que Guille me había dado para que se los guardara. ¿Qué era lo que había dicho? Ah, sí: «Son de Nazia. Es que yo sí que puedo hablar porque no estoy castigado».

Eran siete. Los saqué del sobre y fui colocándolos encima de la mesa en fila, de arriba abajo, sin un orden preconcebido, dejando que me guiara la intuición, como si repartiera las primeras cartas de una partida de solitario.

Me quedé mirando los papeles amarillos durante

unos segundos. Luego leí despacio y en voz alta los mensajes que encontré escritos en los seis primeros.

A lo mejor sí pero a lo mejor no.

Mi madre ya estaba.
Mi madre dice que no quiere.
Mi padre no dice nada.
Y Rafiq dice que sí.

Es que está en el Corán que es muy importante porque es de religión y claro.

Mi madre ya estaba cuando cumplió trece años porque dice que así es mejor.

Por favor.

Por favor.

Por favor, ¿me lo prometes?

No importa, porque cuando seamos mayores y seas Mary Poppins vendrás volando y merendaremos juntos todas las tardes.

El séptimo era un dibujo:

Enseguida me di cuenta de que, si bien los post-its con un mensaje escrito eran de Nazia, el dibujo del séptimo era de Guille. Los trazos no dejaban lugar a duda. Decidí concentrarme en el dibujo. Obviamente, la niña era Nazia. Pero ¿y el hombre? ¿Quién era? ¿Su padre? ¿O quizá era el propio Guille, que se había representado así, mayor y adulto, como una figura protectora? ¿Y esa gran equis roja que tachaba el dibujo? ¿Dónde estaba el peligro y dónde el rechazo?

—Tengo que hablar con Sonia —me oí decir en voz alta mientras reordenaba concienzudamente los mensajes de Nazia, intentando encontrar el hilo de la conversación que los dos niños debían de haber mantenido para haber dado con frases como esas.

Y de pronto, desde algún rincón de la memoria me acordé de la pregunta que había cerrado mi última sesión con Guille y a la que él no había respondido:

«¿Qué hay exactamente en el álbum de piel marrón, Guille?».

Me arrepentí entonces de no haberle mandado dibujar el contenido del álbum y de no haber insistido más en que me hablara de él. Me senté en el sofá y volví a cerrar los ojos al tiempo que unas pequeñas punzadas en las sienes anunciaban una inminente jaqueca. Me abandoné a una oleada de desaliento y, de repente, sentí como si en realidad no tuviera nada real —ninguna pista, ningún dato definitivo— a lo que agarrarme, como si después de varias semanas de trabajo con Guille estuviera todavía en el principio. «Como si estuviera buscando algo que en realidad no está ahí», pensé.

—No tienes nada, María. Nada —susurré en el silencio del salón mientras al otro lado de la ventana la lluvia arreciaba y abajo, en la calle, una pareja corría entre risas bajo un impermeable que les cubría a modo de toldo. Por alguna razón esa risa, esa felicidad, me devolvió la cara de Guille y también su sonrisa. «Pronunciar la palabra mágica antes de que sea demasiado tarde, señorita María», había dicho—. ¿Demasiado tarde para qué, Guille? —volví a murmurar, masajeándome de nuevo las sienes—. ¿Para quién?

Inspiré hondo un par de veces y relajé cuello y

hombros. «Tengo un niño que quiere ser Mary Poppins», pensé, intentando recapitular y poner también en orden mis ideas. «Y una función de Navidad que él cree que puede cambiarlo todo. Tengo también una madre ausente por motivos laborales que, según Guille, vive en un cofre lleno de tesoros que está encima del armario del estudio de su padre y que solo envía a su hijo cartas una vez por semana. Curiosamente, aunque la madre le adora, nunca encuentra un momento para hablar con él por teléfono. Tengo un padre que por las noches llora mientras mira una pantalla de ordenador en la que al parecer está su imagen y no la de su esposa y que se empeña en «corregir» la hipersensibilidad de su hijo (en los dibujos de Guille su padre siempre está de espaldas a él, sin mirarle). Y tengo siete post-its y un álbum de piel marrón que nadie debe ver porque, aunque está guardado junto con las cosas de la madre, no es valioso por lo que contiene».

Inspiré hondo de nuevo y contemplé mi reflejo en la ventana. Se me ocurrió que a lo mejor todo era un error desde el principio y me culpé por no haberme detenido antes a recapitular. Sentí que quizá había cometido una imperdonable equivocación de método, no de fondo, y que posiblemente lo acertado habría sido haberme centrado en la terapia hablada y haberme olvidado de los dibujos. A fin de cuentas, sé por experiencia que los dibujos de los niños mezclan demasiado los planos de comunicación y eso hace muy difícil saber qué es real, qué imaginado y qué es interpretado por el niño.

—¿Y si todo fuera mentira? —le dije a mi imagen en el cristal oscuro—. Quizá todo esté en la mente de Guille. Quizá lo único que tengo es uno de tantos casos de un padre que no acepta la naturaleza de su hijo y de un hijo que se refugia en un mundo imaginado para poder sobrevivir al rechazo. Quizá todo sea más sencillo, María.

Me levanté, me acerqué a la mesa y una vez más paseé la mirada por los post-its amarillos.

«Demasiados quizá y demasiado poco tiempo por delante», pensé antes de despegar los post-its y volver a meterlos en el sobre. Luego, después de guardar el sobre en la carpeta de Guille, mientras me preparaba algo de cenar, decidí que lo mejor sería esperar a la siguiente sesión para dar un cambio de rumbo a la terapia. «Necesitamos respuestas, Guille», pensé mientras batía los huevos para hacerme una tortilla.

Poco podía imaginar en ese momento que las respuestas —las de verdad— estaban a punto de llegar.

Y que lo harían de golpe, pillándome a contrapié.

# Guille

QUERIDA MAMÁ:

Falta poco para Navidad y dentro de unos días
será la función de la escuela. Yo creo que no me
verás, aunque a lo mejor sí, porque papá dice
muchas veces cuando está con tío Jaime y con tío
Juan en el aperitivo que "ahora todo el mundo lo
ve todo, es imposible hacer nada sin que nos vean,
nos tienen a todos fichados, qué me vas a contar,
hombre", y se le pone la ceja gorda y negra encima
de los ojos así, como una visera.

Al final, Nazia no podrá cantar en la función
porque sus padres la han castigado. Tendré que
salir solo y ser Mary Poppins en vez de Bert, el
deshollinador, porque claro, como no puedo ser
los dos y tengo que cantar la palabra mágica unas
veces que son más de cuatro porque si no, no
funcionará, pues seré Mary, pero no se lo he
dicho a papá, nonono, mejor que no se entere
para que sea una sorpresa mágica, con todos
los padres en el teatro, así no me reñirá tanto,
aunque el otro día, cuando fue a llevarme al cole
por la mañana, nos encontramos con la madre de

Carlos Ulloa en la puerta y hablaron un poco de cosas de mayores hasta que ella dijo:

—Qué bien, y qué poco falta para la función de Navidad. Hay que ver cómo pasa el tiempo, ¿eh?

Papá no dijo nada. Solo me puso bien la mochila. Entonces la madre de Carlos torció la cabeza así, de lado, y preguntó:

—¿Vendrá con su esposa a ver actuar al niño?

Papá me cogió de la mano un poco fuerte y arrugó la boca como cuando chupa un cigarrillo. Y también dijo:

—No. Ella no puede. Y creo que yo tampoco iré. A mí esas cosas... no sé yo...

La madre de Carlos dijo: "Oh" con la boca redonda y después sonó el timbre y ya está.

Bueno, no. Por la tarde, como papá no estaba en casa porque tenía gimnasio, cuando llegué del cole encendí el DVD para ensayar en la cocina. Antes me puse la falda y los zapatos grandes y el sombrero con la flor que me había dado Nazia y con la música de la tele no oí que papá había vuelto a casa porque se le había olvidado una cosa. Bueno, sí que le oí, pero era un poco tarde. Entonces me di mucha prisa, pero solo tuve tiempo de quitarme el sombrero y los zapatos, la falda no, y cuando papá entró en la cocina me miró así con una O muy grande en la boca como la de la madre de Carlos. Después se puso muy rojo y me tiró de la falda, tanto que me caí al suelo sin hacerme mucho daño, solo en la mano y en el pie. Y luego me cogió de los hombros y se puso muy rojo.

—No vuelvas a vestirte de mujer nunca más, ¿me oyes? ¿Me oyes, Guille? —dijo, gritando un poco y respirando raro. Y también—: Si vuelvo a verte vestido así, no sé lo que voy a hacer. Ahora vete a tu cuarto sin cenar. —Salió de la cocina dando un portazo, pero volvió a entrar enseguida y me cogió así del brazo, como si yo me fuera a escapar o algo, y se agachó para ser igual de alto que yo. Y dijo—: La próxima vez que te oiga decir delante de los tíos que de mayor quieres ser Mary Poppins, te juro que... te juro que...

Luego me acompañó a mi cuarto y se encerró en el baño y me parece que lloró un rato que fue largo, porque cuando salió estaba oscuro y ponían el telediario con el señor calvo de la cara plana, y a mí me dio mucha pena. Es que si estuvieras aquí, seguro que papá no lloraría, mamá, porque no te echaría tanto de menos y antes nunca lo hacía, ¿a que no?

Ahora tengo que apagar la luz. Mañana guardaré la carta en la caja roja que me regalaste cuando estuvimos en Londres. Es que si se la doy a papá para que te la mande como las otras, a lo mejor la lee y bueno. Por la tarde me toca ir a ver a la señorita María a la casa del jardín. Le voy a llevar un dibujo, aunque esta semana no me ha puesto deberes porque se le olvidó. Yo creo que le va a gustar mucho, aunque igual no porque... es que son dos. Pero mejor te lo cuento la semana que viene, ¿vale?

Bueno.

Te echo mucho de menos. Mucho, mucho, hasta el infinito.

Y también te quiero mucho. Me parece que casi tanto como antes o a lo mejor más.


Guille


Posdata: ya he hecho la lista de los regalos de Navidad. La he metido en el botín negro de siempre. Si no pueden ser todos, ¿tú crees que Mary Poppins sabrá que la cole de los libros de los Mumin y el de Puck de la colina van antes que todo? O, como son unos cuantos, a lo mejor podría traerme de momento solo dos de los Mumin, pero el de Puck sí, ¿vale? Bueno, solo si no se acuerda.

# María

«LA MENTE HUMANA es como la vida: un laberinto que a veces saca de quien se pierde en él cosas que jamás habría imaginado». Esa frase, esas palabras exactas, fueron las que me vinieron a la cabeza mientras veía alejarse a Guille y a su padre por el camino que rodea la fuente al término de la sesión de ayer. La frase era una de las favoritas de la señora Violeta Bergman, una profesora de mi último año de carrera que fue clave para que decidiera dedicarme al campo de la orientación infantil.

Pero esa es otra historia.

Cuando ayer Guille entró a la consulta y me miró, supe que algo había cambiado. Sé por experiencia que ese «algo» suele aparecer tarde o temprano en la mayoría de las terapias. De pronto hay una puerta que se abre, una luz distinta o una expresión que no estaba allí antes. Para mí ese «algo» sigue siendo un factor casi mágico, aunque sé que no debería mezclar la magia en esto. Hay una ventana nueva, como si la veleta hubiera girado sobre su soporte, trayendo vientos renovados.

Guille se sentó y dijo, muy serio:

—Hoy no quiero jugar.

Sonreí.

—Muy bien.

Esperé.

—¿Puedo pedirle una cosa, señorita María? —dijo por fin.

—Claro.

—Es que… —Tragó saliva y miró por la ventana—. ¿A lo mejor me dejaría venir a ensayar durante el recreo mi número para la función?

La petición me pilló totalmente desprevenida. Él no se dio cuenta.

—Creía que ensayabais durante el recreo con la señorita Sonia.

Se encogió de hombros y ladeó la cabeza.

—Sí —dijo—, pero como la seño está enferma y no sabe que Nazia ya no va a cantar conmigo y que ahora yo voy a ser Mary Poppins, a lo mejor la señorita Clara, que es la que nos da clase hasta que la señorita Sonia se ponga buena, se enfada… Además, me da un poco de vergüenza ensayar con todos.

—Entiendo.

Siguió encogido de hombros, esperando mi respuesta.

—¿Entonces, puedo?

—Claro. Si te parece, hablaré con la señorita Clara para que te deje venir durante el recreo. Le diré que son cosas… nuestras.

Se le iluminaron los ojos y sonrió. Luego, pasados un par de segundos, abrió la mochila y sacó dos hojas de papel que puso encima de la mesa, deslizándolas despacio hacia mí.

Las cogí.

—He hecho dos dibujos —dijo—. Como la semana pasada no vine, tocaban dos.

Sonreí.

—Gracias.

Miré los dibujos. El primero era una mancha naranja sobre el fondo blanco de la hoja. El segundo, dos círculos centrales con la misma mancha naranja dentro y tres círculos más pequeños en la parte superior.

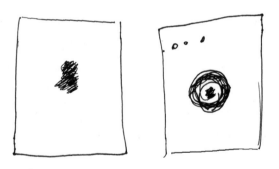

Cuando levanté la vista, Guille me miraba muy atento. Al ver que yo no decía nada, alargó la mano sobre el primer dibujo y dijo:

—Esta es la sábana de mi cama algunas noches.

—Enseguida se puso las manos entre las piernas y sonrió con timidez—. Es que a veces me hago... pis.

Intenté disimular mi sorpresa. Me pareció tan curioso que ni el padre de Guille ni Sonia hubieran comentado nada sobre eso que de pronto me asaltó una vez más la duda de si lo que Guille me traía con sus dibujos era real o simples invenciones suyas. Sentí un pequeño golpe en el pecho, pero no hubo tiempo para más. Guille señaló el segundo dibujo.

—Esto es cuando meto la sábana en la lavadora y da vueltas muy temprano porque papá duerme hasta muy tarde, más de las diez o las doce, y como mamá compró una secadora porque es inglesa, él nunca se entera.

Inspiré hondo mientras él seguía señalando el segundo dibujo.

—Vaya. ¿Y eso pasa muy a menudo? —pregunté, intentando quitar hierro al asunto.

Pensó su respuesta.

—A veces sí y otras no —dijo.

«Claro».

—¿Y cuándo es que sí?

Un par de segundos antes de responder.

—Cuando ya no me aguanto.

«Lógico». Lo intenté de otro modo.

—A lo mejor es que, como estás dormido, cuando te pasa no te da tiempo a despertarte.

Volvió a pensarlo un poco. Luego negó con la cabeza.

—No. Siempre estoy despierto.

—Ah.

Bajó la mirada.

—Es que a veces tengo ganas, pero como papá está en el ordenador y para hacer pis tengo que pasar por delante del estudio, no quiero que me vea.

—¿Por qué?

—Porque es que si me ve, sabrá que le he visto.

Su respuesta me puso en alerta, pero no alteré el tono ni el ritmo de la conversación.

—Pero, Guille —dije—, tu papá no hace nada malo, ¿verdad?

—No.

—¿Entonces?

Bajó la mirada. Su respuesta llegó casi susurrada.

—Es que muchas veces llora todo el rato.

Imaginé al padre de Guille sentado al ordenador de espaldas a la puerta, tal como él lo había dibujado siempre.

—Pero tu padre se sienta de espaldas a la puerta, ¿verdad?

Dijo que sí con la cabeza.

—Entonces, es raro que pueda verte, ¿no?

No dijo nada. Me miraba, tenso e incómodo. Esperé. Mientras el tictac del reloj marcaba la espera, me acordé de la cara de hombre que Guille había dibujado en la pantalla del ordenador hacía un par de sesiones. Sentí un crujido en algún rincón de la memoria.

—Guille, ¿con quién habla tu papá en el ordenador?

Silencio.

—¿Con tu mamá?

Silencio.

—¿Con algún amigo?

Nada.

—Guille...

Levantó la cabeza y paseó despacio la mirada por los dos dibujos que acababa de darme.

—Con... nadie. Creo.

Inspiré hondo. De repente algo encajó. Entendí en ese momento que el único modo de que Manuel Antúnez pudiera ver a su hijo, si estaba sentado de espaldas a la puerta, era a través del reflejo en la pantalla del ordenador, pero para eso la pantalla tenía que estar apagada.

Por tanto, lo que Manuel veía en la pantalla, además de a Guille, ¡era su propio reflejo!

Pero entonces...

Recordé de pronto la pregunta que Guille había dejado sin responder al final de la sesión anterior.

—Guille, el último día que nos vimos ibas a decirme lo que había en el álbum de piel marrón, ¿te acuerdas?

Me miró. Dijo que sí con la cabeza.

—¿Qué hay en el álbum, Guille?

Tragó saliva un par de veces mientras balanceaba los pies en el aire.

Luego miró al techo.

Y dijo:

—En el álbum de piel marrón vive mi mamá.

# V

## LONDRES,
## LOS DESAPARECIDOS Y
## UN PAPEL OLVIDADO

# María

«EN EL ÁLBUM de piel marrón vive mi mamá».

Nueve palabras como nueve casillas del juego de la oca. La casilla en la que acabábamos de caer era el Laberinto. Allí estábamos Guille y yo. Las agujas del reloj de la mesa marcaban las 18:50. «Solo tengo diez minutos», pensé. «¿Qué puedo hacer en diez minutos?» En ese momento se oyó el tintineo de la puerta de entrada, seguido de la carraspera conocida de Manuel Antúnez. Guille balanceó las piernas una vez más y recorrió los dibujos con la mirada. Oímos cómo su padre se sentaba en la silla del recibidor con un resoplido y también un bolígrafo que caía al suelo y una voz de hombre que maldecía por lo bajo. Nada más.

—Vaya —empecé, tanteándole—. Creía que me habías dicho que tu madre vivía en Dubái.

Guille dijo que sí con la cabeza y miró de reojo hacia la puerta. Desde el recibidor llegó una nueva carraspera.

—Y también que es azafata —añadí.

—Sí.

Sonreí.

—Y, según me ha dicho la señorita Sonia —proseguí—, en principio va a estar solo unos meses trabajando allí. O sea, que a lo mejor regresa muy pronto.

Silencio.

—En... ¿febrero? —insistí.

No dijo nada.

—Guille...

Levantó la mirada y sonrió, aunque no fue una sonrisa alegre.

—Es que... —empezó. Enseguida se calló. La luz suave de la lámpara le iluminó los ojos e inspiró hondo antes de volver a hablar—. Cuando las personas desaparecen, ¿adónde van? —preguntó, muy serio.

Sentí como si me estallara una pequeña chispa de calor tras los ojos y un pinchazo en las sienes.

—Depende —respondí.

Enseguida, antes de dejarme hablar, añadió:

—¿Es como cuando se mueren, o distinto?

En el tablero imaginario del juego de la oca, Guille volvía a la partida y yo con él. ¿Adónde quería llevarme?

—A veces sí y otras no —dije, intentando darme un poco de tiempo. En cuanto me callé, él volvió a hablar, esta vez bajando un poco más la voz.

—Mi madre está en Dubái porque... porque está desaparecida —dijo—. Lo dice en el álbum de piel marrón todo el rato, con noticias y fotos de los periódicos. Pero a lo mejor pasa como con Mary Poppins, que cuando desaparece es que vuelve al cielo para descansar un tiempo, o sea, que no se muere pero tampoco está, y por eso dicen que está desaparecida, ¿no?

Tragué saliva e intenté mantener la sonrisa, a pesar del dolor de cabeza que ya era más que un simple pinchazo. Sobre la mesa, el reloj marcaba las 19:03 y fuera sonó un móvil seguido del chirrido de la silla contra el parqué y de un golpe sordo. Algo había caído al suelo y Manuel Antúnez maldecía entre dientes.

—Mecagüen la... —masculló.

Guille y yo nos miramos. Él se removió en la silla y miró el reloj. Luego dijo:

—¿Usted también se irá o a lo mejor no? —La pregunta me pilló desprevenida. No contesté enseguida y él tragó saliva. Luego volvió a preguntar, bajando un poco la voz—: Es que los mayores siempre se van, ¿verdad?

Le miré a los ojos y tuve que hacer un esfuerzo para no apartar la mirada.

—Algún día tendré que irme, Guille.

Sonrió, aunque fue más una mueca que una sonrisa.

—A mí me gustaría que no.

Fui yo quien sonrió. Costó, pero sonreí.

—Bueno, ahora eso no debería preocuparte.

Torció la boca y se rascó despacio la nariz.

—¿Algún día cuándo es? —dijo.

Volví a dudar. No me pareció oportuno contarle que casi con toda seguridad no volvería al centro después de las vacaciones de Navidad, porque mi sustitución terminaba con el trimestre. No me pareció el momento, pero tampoco quería mentir. Algo me decía que no era una buena opción. Con Guille no. Mientras intentaba encontrar una respuesta acertada, recorrí el despacho con los ojos y al pasar por la ventana tropecé con la veleta de hierro que corona la fuente.

Respiré, aliviada.

—Me iré cuando cambie el viento, Guille —dije—. Cuando la veleta gire hacia el norte.

Él abrió los ojos como platos y se mordió el labio inferior.

—¿Sí? —preguntó, mirando también hacia la ventana—. ¿Como Mary...?

Asentí.

—Como Mary Poppins, sí —dije—. Pero es un secreto. Entre tú y yo, ¿vale?

Todavía con los ojos muy abiertos asintió varias veces muy deprisa y luego se encogió de hombros.

—Sí, sí, sí —dijo—. Prometido.

—Muy bien.

Se hizo el silencio y segundos después volvimos a oír una carraspera procedente del vestíbulo. Guille bajó los hombros despacio. La luz de su mirada se volvió opaca.

—Me parece que tengo que irme —dijo, cogiendo la mochila del suelo y cerrando la cremallera. Luego bajó de la silla y se quedó de pie, esperando—. ¿No tengo deberes para el próximo jueves? —preguntó.

La pregunta me pilló a contrapié, pero también me dio una idea. «No más dibujos», pensé.

—Sí —le dije—. Claro.

—Ah. —Sonrió.

Me levanté, rodeé despacio la mesa y le ayudé a colgarse la mochila. Luego le pasé la mano por la cabeza, despeinándole.

—Para el próximo día quiero que escribas una redacción —dije.

Abrió un poco los ojos y una sonrisa le iluminó la cara.

—¡Uala! ¡Qué chulo!

También yo sonreí, aliviada.

—Verás. Me gustaría que me contaras el viaje que hiciste a Londres con tu mamá y con tu papá este verano —dije. Él se detuvo, giró la cabeza y alzó la vista hacia mí—. Y que me cuentes también cuando fuisteis a ver cantar a Mary Poppins. Y bueno... lo que tú quieras.

Guille me miró muy serio durante un par de segundos. Luego encogió los hombros y dijo que sí con la cabeza.

—¿Lo de después también? —preguntó.

Estuve a punto de decirle que no, pero algo en su mirada me contuvo.

—¿Lo de... después? —le pregunté.

Echó a andar y fui tras él. Cuando llegamos a la puerta, se volvió y dijo:

—Sí. Lo de después.

Volví a alborotarle el pelo.

—Claro —dije—. ¿Por qué no?

Hizo girar la manilla y abrió la puerta. Al otro lado, Manuel Antúnez estaba de cuclillas junto a la silla del recibidor, recogiendo papeles que tenía repartidos alrededor de los pies y que debían de habérsele caído de la libreta que tenía en la mano junto con el móvil. Al vernos, levantó rápidamente la mirada y frunció el ceño, como si le hubiéramos pillado en falta.

—¿Ya? —preguntó a Guille. Guille respondió que sí con la cabeza y él terminó de recoger las hojas sueltas, que insertó rápidamente en la libreta. Luego se levantó con un jadeo, le ofreció la mano a Guille y carraspeó—. ¿Vamos?

—Sí.

Padre e hijo se despidieron de mí en la puerta, y mientras les veía rodear la fuente y alejarse hacia la verja del colegio, respiré más aliviada. Por fin, después de la confesión de Guille, sentía que tenía algo: Guille era, en efecto, un niño precoz, hipersensible y con una imaginación desbordante, que vivía la ausencia de su madre como un abandono. Era tanto el dolor que sentía, que se había refugiado en la magia de Mary Poppins —y en sus poderes— para invocar su regreso. El hecho de que mojara las sábanas durante la noche era muy explicativo. Él decía que estaba despierto y que se hacía pipí para no ver sufrir a su padre, pero no era así. Lo más probable era que mojara las sábanas mientras dormía, y que el dibujo de su padre llorando delante del ordenador fuera un sueño recurrente suyo.

Desde la puerta, fijé la mirada en la corpulenta espalda del padre de Guille.

—Creo que ha llegado el momento de que usted y yo hablemos de Guille, señor Antúnez —murmuré al frío de la tarde. También anoté mentalmente ir a ver a Sonia en cuanto se reincorporara al trabajo y comentarle lo que sabía de Nazia y de lo ocurrido con su familia. Quizá ella tuviera más información al respecto.

Esperé unos segundos, disfrutando de la brisa extrañamente benigna que barría las hojas del jardín, y luego volví a entrar. Cuando estaba a punto de cerrar la puerta de mi despacho, algo me llamó la atención. Debajo de la silla del recibidor, entre la pata trasera y el rodapié, asomaba una mancha blanca. Era la mitad de una hoja de libreta.

Me acerqué a la silla, retiré la pata y recogí la hoja.

Estaba arrugada y un poco manchada. Entré con ella al despacho, me senté a la mesa y la alisé con la mano. No contenía nada importante. Una lista, supuse que de cosas a recordar. Las leí en voz baja y no pude evitar una sonrisa. Cosas de un hombre que tiene que organizarse solo, poco más.

*Martes, 23 de octubre*
*1–Arreglar manilla puerta salón*
*2–Coche taller. Revisión cojinetes*
*3–¡¡¡¡Plantillas para botas de rugby!!!! (otras para Jaime)*
*4–~~Descongelar guisantes y pollo~~*
   *Mejor lasaña*
*5–Fichar inem (el martes)*
*6–Súper (Azúcar moreno, suavizante y aceite virgen).*

La lista contenía unos cuantos recordatorios más, pero preferí no seguir leyendo. Al fijarme en la fecha, decidí que probablemente a Manuel Antúnez ya no le serviría de mucho y me giré para tirarla a la basura cuando, de repente, me quedé como estaba, inclinada sobre la papelera con la hoja en el aire.

Sentí como si el tiempo se hubiera detenido de pronto y un sudor frío me subió por la espalda.

«No puede ser», pensé mientras el frío seguía subiéndome por el cuello hasta la cabeza. Esperé unos instantes, sin moverme. En el despacho solo se oía el tictac del reloj, entremezclado con los latidos de mi corazón. Segundos más tarde, me incorporé y volví a dejar la hoja de papel encima de la mesa. Luego abrí el cajón donde guardaba las carpetas con los casos de los pacientes de la semana. Saqué la de Guille y la puse junto al papel.

—Ojalá me equivoque —me oí decir, rompiendo el silencio de la habitación—. Por favor.

Abrí la carpeta y hojeé los dibujos hasta encontrar la fotocopia de la carta que Guille había recibido de su madre. La cogí con un nudo en el estómago, cerré la carpeta y puse la carta encima.

En cuanto vi las dos hojas juntas no tuve ninguna duda: la letra era la misma.

El autor también.

# Guille

(Redacción para la señorita María)

## TÍTULO: MIS VACACIONES EN LONDRES Y LO QUE PASÓ DESPUÉS

En la mitad de agosto mamá, papá y yo nos fuimos a Londres, que es la capital de Inglaterra porque hablan en inglés y siempre llueve y también porque allí vive Mary Poppins cuando tiene trabajo. Yo no había viajado nunca en avión y como mamá era azafata, conocía a mucha gente y me dejaron sentarme con el piloto, que tenía un bigote rojo y se reía como un pirata porque era australiano, que es como un inglés aunque de más lejos.

Papá estaba de mal humor y a lo mejor triste. Mamá ya no iba a volver a casa, porque se iba a trabajar a Dubái, y no se ponían de acuerdo nunca: papá decía que no y mamá que sí; papá que no quería, mamá que sí, y así todo el rato desde primavera, por eso mamá llevaba tantas maletas y nosotros solo una bolsa de deporte muy pequeña que pusimos en el armario del techo del avión.

Cuando llegamos a Londres ya no había sol y llovía un poco, pero así fue mejor porque no hacía calor y mamá se rio mucho cuando papá empezó a hablar en inglés y la señora de la taquilla del tren no le entendía y puso las cejas así, como los payasos, pero en señora negra con cosas de colores en el pelo. Entonces fuimos al hotel y todo tenía alfombras para que no se manchara el suelo, hasta el ascensor, y papá dijo:

—Desde luego, mira que son estos ingleses con tanta alfombra. Pero si hay alfombras hasta en las paredes.

El hombre que vivía en el ascensor con el uniforme de botones grandes se rio un poco, pero no mucho, porque era argentino como el señor Emilio, y dijo:

—Los ingleses, ya sabe, che.

Y ya está.

Luego fuimos al Big Ben, que es el mismo reloj gordo con agujas que sale en Peter Pan cuando vuelan por la noche, y al museo donde duermen las momias antiguas y donde también pasean muchos japoneses, pero era tan grande y había tantas cosas que al final mamá dijo:

—¿Os apetece que comamos en un vietnamita, chicos?

Papá dijo: «Bueno», pero muy serio, y mamá me miró y también hizo así con los hombros, como cuando la señorita Sonia pregunta algo en clase y no sabemos qué decir aunque no sea culpa nuestra porque todavía no lo hemos dado.

Entonces nos metimos por una calle muy larga y luego torcimos por otra y ya llegamos.

Papá me contó que los vietnamitas son hombres chinos pero más educados y que viven más felices porque cocinan cosas picantes que les queman en la lengua para que coman con la boca cerrada. Mamá se reía mucho todo el rato y yo también, pero papá casi nada. Es que como a él no le sale nunca bien lo de los palillos, tenía un trozo de pescado que se le escapó volando a la mesa de al lado y el señor vecino, que llevaba un turbante naranja como el de Aladino y una barba blanca muy larga, dijo muchas cosas muy rápido como enfadado y luego también se rio, aunque ahora no me acuerdo muy bien, es que como íbamos a montarnos en la noria y se hacía tarde me daba miedo que cerraran, porque mamá siempre dice que los ingleses lo hacen todo muy pronto para poder tomar el té en casa a las cinco con sus gatos.

De ese día solo me acuerdo de la noria con mucha gente y de nada más.

Al día siguiente fuimos al parque donde se conocieron los perros de 101 dálmatas, bueno los

padres dálmatas, y comimos pescado con pata-
tas fritas en un puesto de la calle que olía raro.
También fuimos en un barco de cristal por el río y
cuando nos bajamos mamá le dijo a papá:

—Tenemos que llevar a Guille a tomar el té como
buenos ingleses.

Entonces cogimos el autobús rojo de dos pisos
como los que salen en las películas pero de verdad
y nos bajamos delante de unos grandes almacenes
que eran como El Corte Inglés aunque más ricos,
con coches de oro en la puerta y un restaurante
muy grande con camareras rubias. Cuando terminamos de tomar el té con un pastelito cada uno,
papá pidió la cuenta y la señorita rubia se la trajo
en una cajita. Papá abrió la cajita y se puso muy
rojo, como cuando se enfada mirando el fútbol
por la tele. Luego abrió la boca y se le hizo una O
muy grande. También dijo, gritando un poco:

—Pero, bueno... ¿se puede saber...?

Mamá le puso la mano en el brazo y torció así la
cabeza, a un lado.

—Déjalo, Manu.

—Pero, pero... —dijo papá.

Y entonces mamá le miró muy seria y dijo muy
bajito:

—No lo estropees.

Después hicimos más cosas y también dormimos
en el hotel y al día siguiente era el último por-

que era domingo, ¡y por fin fuimos a ver a Mary Poppins!

Yo tenía muchos nervios y se me escapó un poco el pis mientras esperábamos en la puerta llena de luces del teatro, con un cartel muy grande donde estaban Mary con Bert en la escena de los caballitos del tiovivo y también muchos niños y madres y padres, pero en inglés.

Entonces entramos y enseguida que el señor indio con gafas nos acompañó a nuestro sitio, se levantó la cortina y empezó a sonar la música. Luego salieron Mary Poppins y la veleta, y el paraguas de cotorra y la casa que se abría por el tejado, y mamá y yo nos pusimos a cantar, ella en inglés y yo no, porque nos sabíamos todas las canciones de tanto ensayarlas en casa. Todo pasó tan rápido que de repente Mary Poppins voló colgada de un cable desde el escenario hasta el techo y se marchó, y todos saltábamos y gritábamos y algunos niños lloraban y otros se reían mucho, y mamá me abrazaba muy fuerte porque nos daba pena que se marchara, y bueno.

Después fuimos a ver a Mary Poppins a su cuarto lleno de espejos. Cuando entramos, olía muy bien. Me dio dos besos y dijo cosas en inglés, que mamá tradujo todo el rato, hasta que Mary me sentó en su falda y dijo:

—Ah, yo adora Espania, me gusta la gentes y

Torremolinos y Benalmádena porque todo es mucho alegre en verano y gente ríe siempre muy simpática. —Se calló y se retocó un poco el sombrero. Y también dijo—: Tienes que ser bueno con tus padres, William, muy bueno. Ellos quererte siempre, ¿sí?

Le dije que sí y ella me alborotó el pelo y ya está.

Bueno, no, porque cuando ya nos íbamos, me dijo:

—Y no olvides nunca: cuando tengas problema gordo o pena, acuerda de Mary Poppins, di la palabra mágico muy fuerte para que yo oiga bien y todo, todo, cambia siempre, ¿sí? —Me miró por el espejo y me guiñó el ojo, así, y cantó—: ¡Supercalifragilistikespialidosuuuuus!

Salí del teatro muy contento y cantando de la mano de papá, pero enseguida llegó la parte mala, porque se había hecho tarde y teníamos que darnos prisa para ir al aeropuerto. Es que volvíamos en un avión de noche porque como mamá y papá no son ricos, pues claro. Mamá nos acompañó a la estación. Ella se quedaba en Londres porque al día siguiente se marchaba en su avión pequeño a trabajar a Dubái y durante todo el camino en el metro papá no dijo nada y mamá tampoco, y yo tenía un dolor aquí, como de barriga pero diferente, hasta que llegamos a la estación y papá dijo:

—Esto no es una buena idea, Amanda.

Mamá me abrazó muy fuerte y yo tenía más dolor aquí, casi como de pipí, pero no me salió nada. Después ella miró a papá.

—Ya lo hemos hablado muchas veces, Manu —dijo.

—Pues lo volvemos a hablar las veces que haga falta —dijo papá, gritando un poco. Y también dijo una palabrota que no sé cómo se escribe.

—Manu —dijo mamá.

Papá le dio una patada a un cartel de McDonald's con un payaso, que se cayó al suelo, y algunos señores nos miraron y uno dijo algo en inglés. Entonces, por los altavoces gritaron una cosa que no se entendió y mamá puso la cabeza así y me abrazó muy, muy fuerte. Luego dijo:

—Es vuestro tren.

Y ya está. De lo otro no me acuerdo mucho. Papá no dijo nada más, ni en el tren ni en el avión, y aunque yo tenía el nudo aquí, enseguida me quedé dormido porque era muy tarde y luego llegamos a casa y cuando nos levantamos ya era después y también mediodía y papá dijo:

—Vamos a comer una pizza con tío Jaime y tío Enrique al restaurante del señor Emilio, ¿quieres?

—Vale.

Cuando nos sentamos a la mesa del restaurante, a papá le sonó el teléfono. Dijo:

—¿Diga? —Luego ya no dijo nada más, porque se levantó, salió a la calle y empezó a pasearse muy deprisa por delante de la ventana, mirando al suelo y moviendo así la mano todo el rato y despeinándose como si se peleara. También le dio una patada a una botella de plástico. Entonces tío Jaime salió y le cogió del brazo, pero al principio papá no quería y le empujó contra un coche. Luego tío Jaime le cogió otra vez y se marcharon los dos, papá todavía al teléfono, gritando—: ¡No, no y no! ¡He dicho que no!

Entonces sonó el teléfono de tío Enrique.

—¿Sí? —dijo. Se quedó callado mucho rato moviendo la cabeza un poco a los lados. Y después me miró y también dijo, muy bajito—: Yo me ocupo, tranquilo. Sí, claro. Descuida.

Y colgó.

—¿Qué te parece si después de comer nos vamos al cine a ver una peli que tú quieras? —dijo.

—¿Y papá?

—Ha tenido que marcharse por un asuntillo y me ha dicho que me quede contigo.

—Ah.

Papá estuvo fuera dos días. Cuando volvió, pasó a buscarme por casa de tío Jaime y durante unas semanas a veces le llamaban al móvil y él se encerraba en su cuarto y gritaba cosas que yo no entendía.

Me parece que algunas veces también lloraba, pero no estoy seguro porque no lo vi.

Y ya está.

FIN

# María

MANUEL ANTÚNEZ me miraba desde el otro lado de la mesa de mi despacho. No se había quitado la chaqueta, a pesar de que estaba encendida la chimenea y también la calefacción. Seguía cruzado de brazos desde que se había sentado.

—Usted dirá —dijo. No me gustó su tono. Me pareció casi provocador y tan a la defensiva como lo había sido al teléfono dos días antes, cuando le había llamado para concertar la cita y él había aceptado venir a verme con una desgana más que obvia. Intenté no darle importancia.

—Me gustaría hablarle de Guille —empecé.

Arqueó una ceja y se rascó la mejilla, pero no dijo nada.

—Durante las sesiones que he tenido con su hijo, he observado en él cierta... desazón que al principio no entendía, que solo intuía, y que por fin ha tomado forma —proseguí.

Manuel Antúnez inclinó la cabeza a un lado con una mueca de impaciencia.

—Ah —fue todo lo que dijo.

Inspiré hondo. El Manuel que tenía delante era el

hombre parco y reservado que venía a buscar a Guille todos los jueves, pero la energía no era la misma. Algo en él había cambiado.

—Creo que sé lo que le ocurre a Guille —dije por fin, mirándole a los ojos.

Él volvió a arquear una ceja.

—¿Cree? —preguntó, apoyando los codos sobre la mesa.

—Sí.

Me sostuvo la mirada durante un par de segundos. Luego negó con la cabeza.

—Pues usted dirá —dijo con cara de aburrimiento.

Tragué saliva antes de volver a hablar.

—Guille echa tanto de menos a su madre que tiene miedo de que no vuelva. —Manuel Antúnez no parpadeó. Tampoco se movió—. Por eso recurre a la magia, señor Antúnez. Por eso quiere ser Mary Poppins: para asegurarse de que ella… su esposa va a volver.

Bajó la mirada. Y carraspeó.

—Señor Antúnez, Guille no vive bien esta… separación —dije—. Creo que sería de gran ayuda si su esposa pudiera mantener un contacto más directo con él.

Volvió a sacar el aire por la nariz y luego negó despacio con la cabeza un par de veces más antes de hablar de nuevo.

—Eso no puede ser —dijo simplemente.

—Sí, ya sé lo de la dificultad que hay con los horarios y todo eso —dije—, y Guille también lo sabe, pero quizá sería suficiente con una llamada —insistí—. Si Guille pudiera hablar con su madre, sentirla cerca... todo sería muy distinto, créame. Necesita una prueba que le confirme que ella está ahí para él. No creo que sea mucho pedir, la verdad.

Clavó en mí una mirada fría que me provocó un pequeño escalofrío.

—¿Mucho pedir, dice? —preguntó con una voz metálica.

Asentí.

—Usted no sabe nada —murmuró entre dientes—. Nadie sabe nada —repitió, sin dejar de mirarme—. Qué fácil es opinar desde ahí, sentada cómodamente detrás de su mesa, juzgando a la gente como si la gente necesitara que usted les dijese lo que tienen que hacer. —Parpadeó y cerró las manos con fuerza—. Como si no tuviéramos bastante con lo que tenemos.

—Señor Antúnez, yo solo intento...

—Usted solo intenta ganarse el pan metiendo las malditas narices en la vida de los demás —rugió—. Como mucha otra gente.

De pronto, el hombre contenido de hacía unos instantes se había convertido en un animal herido. Intenté entender por qué mientras él seguía mirándome con rabia desde el otro lado de la mesa, respirando pesadamente y con los puños cerrados.

—Ya le dije a la señorita Sonia que esto no era una buena idea —murmuró entre dientes, relajando los puños y bajando la mirada—. Se lo dije, y tenía razón.

Inspiré hondo. El arrebato de furia había pasado, pero el silencio podría haberse cortado con un cuchillo. Dejé pasar unos segundos y volví a hablar.

—Señor Antúnez, se qué a usted le preocupa tanto o más que a nosotros la felicidad de su hijo.

Alzó la vista e hizo una mueca burlona con la boca.

—¿Ah, sí? —preguntó con un tono de fingida sorpresa.

—Sí. Y también sé que intenta que sufra lo menos posible con esta… separación.

Apoyó los codos en la mesa y hundió la cara entre las manos.

—Vaya —dijo—. Es usted muy observadora. —Y añadió—: Cualquiera diría que es psicóloga.

Pasé el comentario por alto. Si algo he aprendido con los años es a no tener en cuenta según qué reacciones de un padre dolido.

Abrí el cajón, cogí la carpeta que estaba encima de las demás y saqué la fotocopia de la carta y el trozo de papel que había encontrado en el suelo del vestíbulo después de mi última sesión con Guille.

—Señor Antúnez, sé que es usted quien escribe las cartas que Guille recibe de su madre.

Arrugó la frente y tensó la espalda.

—No diga tonterías —rugió—. Lo que me faltaba.

Puse la carta y el papel sobre la mesa y los empujé hacia él.

Manuel Antúnez se inclinó hacia delante y durante unos segundos contempló los dos papeles sin decir nada. Luego se pasó despacio la mano por el pelo y dejó escapar un suspiro.

—Lo que me gustaría saber es por qué no se las escribe su madre —dije con suavidad.

Encogió los hombros y bajó la mirada. Siguieron unos segundos de silencio.

—No puede —dijo.

Habló tan bajo que no estuve segura de haberle entendido.

—¿No puede?

—No.

—¿Por qué?

Recorrió la habitación con los ojos: las estanterías, la ventana, la chimenea...

—Usted no lo entendería.

—Pruebe.

Negó con la cabeza. Luego cerró los ojos.

—No soy yo quien debe entenderlo —dije entonces—. Es Guille.

Abrió los ojos bruscamente y parpadeó, claramente alarmado.

—¿Guille...?

Negué con la cabeza.

—No, él no lo sabe, quédese tranquilo —le interrumpí. Sin embargo, en ese instante una pequeña luz se encendió en mi mente al tiempo que mi propia voz me preguntaba: «¿Estás segura, María? ¿Estás segura de que Guille no lo sabe?». Me acordé entonces de todos los dibujos que Guille me había entregado, de las imágenes, de nuestras conversaciones... y dudé. De pronto dudé y se me ocurrió que quizá lo que Guille dibujaba y contaba no eran invenciones suyas, sino la realidad de lo que vivía.

Y pensé que a lo mejor quien inventaba no era Guille.

Miré al hombre que tenía sentado delante de mí y le vi tan desdibujado, con la cabeza entre las manos, tan... al descubierto, que algo me empujó a ir un poco más lejos. Necesitaba saber. Una prueba. Algo.

—Señor Antúnez —empecé con suavidad—, ¿podría decirme si Guille mojaba la cama antes de que su mujer se marchara?

Tardó un instante en levantar la cabeza. Cuando lo hizo, había recuperado la mirada encendida y la boca apretada, aunque no había rabia esta vez, solo incredulidad y fastidio.

—¿Mojar la... cama? ¿Guille? —Chasqueó la lengua y golpeó el suelo con el pie—. Pero ¿se puede saber qué mierda está diciendo? —preguntó, fulminándome con la mirada.

«Dios mío», pensé. «No sabe nada». Y enseguida sentí un sudor frío que me subía por la espalda, empapándome entera. «Guille ha estado diciendo la verdad», pensé a continuación. «Guille no miente».

Y, casi sin querer, dije:

—Señor Antúnez, me gustaría hacerle una pregunta.

Él parpadeó, pero no dijo nada. Desde mi mesa, el tictac del reloj marcó los tensos segundos de espera contra el silencio del despacho hasta que, al ver que él no respondía, me decidí a hablar.

—¿Diría que usted y su esposa están pasando por un momento... emocionalmente complicado? —Antes de que tuviera tiempo de reaccionar, añadí—: En otras palabras: ¿la separación entre ustedes es solo por motivos de trabajo o es algo... definitivo?

Una sombra cubrió la mirada de Manuel Antúnez. Fue una sombra negra como un nubarrón de tormenta. Me pareció ver palpitar una vena en su sien y vi también que apoyaba las palmas de las manos sobre la mesa, flexionando los brazos.

Tuve miedo. Fue tan solo un instante, pero bastó para que me reclinara en la silla, apartándome unos centímetros de él.

Tuve miedo, sí, pero necesitaba saber.

Insistí.

—¿Se le ocurre alguna razón por la que Guille pueda creer que su madre está... —inspiré hondo antes de terminar— desaparecida?

# VI

## LA VERDAD DE NAZIA,
## LOS DOS ÚLTIMOS DIBUJOS Y UNAS
## NUBES DE TORMENTA

# María

FALTA POCO MÁS de un día para que termine el trimestre y todo se ha acelerado de tal modo que parece mentira que haga apenas unas semanas que Guille vino a verme por primera vez. Y es que así es el tiempo cuando maneja los sentimientos: caprichoso, impredecible, a veces un buen compañero y otras, el peor enemigo.

A pesar de que han pasado quince días desde mi reunión con Manuel Antúnez, recuerdo todavía los detalles de la entrevista como si acabara de vivirlos: sus dientes apretados como los de un animal cuando se levantó de la silla y, apoyándose en la mesa de mi despacho, se inclinó amenazadoramente hacia delante al oír mi última pregunta. Una vena le palpitaba a un lado del cuello, gruesa y azul, y se había puesto tan rojo que casi temí por él.

Se quedó así unos segundos que a mí me parecieron años, respirando pesadamente por la boca entreabierta, y después, muy despacio, se incorporó de nuevo. Luego se volvió de espaldas, rodeó la silla y, sin decir una sola palabra, fue hacia la puerta. Cuando la abrió y estaba a punto de salir, dijo, todavía de espaldas:

—A partir de ahora se han acabado las sesiones con Guille. —Solo eso. Luego salió y, antes de cerrar la puerta, le oí mascullar entre dientes—: Basta ya de tanta tontería.

Segundos después se oyó un portazo y unos pasos que se alejaban por la grava del sendero.

Desde entonces las sesiones con Guille no han vuelto a repetirse, pero él ha seguido viniendo todas las tardes a la casita para ensayar. No hemos comentado nada de mi entrevista con su padre. Guille llega, saluda tímidamente y pasa directamente al cuartito que está al fondo del recibidor. Algunas veces, si cuando se marcha ve mi puerta abierta, se asoma a despedirse.

—Adiós, señorita María —dice agitando la mano, con la mochila al hombro. Luego se va, cerrando con suavidad la puerta de la calle.

Estos últimos días, sin embargo, algo ha cambiado: después de despedirse, Guille se queda plantado unos instantes en la puerta sin hablar, como si quisiera decirme algo pero no supiera cómo, o no se atreviera.

Esta tarde también, aunque hoy, a diferencia de otros días, no se ha movido. Cuando ha visto que le miraba, me ha sonreído. Era una sonrisa preocupada.

—¿Querías algo? —le he preguntado, quitándome las gafas.

No ha respondido enseguida. Ha inspirado hondo y ha parpadeado unas cuantas veces.

—¿Puedo pedirle una cosa, seño? —ha dicho, rascándose la nariz.

—Claro.

—Usted... —ha empezado, dudando—, ¿a lo mejor vendrá a verme actuar mañana en la función?

Su franqueza me ha hecho sonreír.

—¿Te gustaría que fuera?

Ha dicho que sí con la cabeza.

—Sí, sí, sí.

—Muy bien. Entonces iré.

Se le ha iluminado la cara y ha vuelto a sonreír. Enseguida ha bajado la mirada.

—Es que... como Nazia no podrá ir y papá tampoco...

He intentado disimular mi sorpresa y he mantenido la sonrisa.

—Ah, ¿entonces tu padre no va a ir a la función? —le he preguntado, intentando que mi tono no me delatara.

—No.

He cerrado el fichero en el que estaba trabajando y me he cruzado de brazos.

—¿Y te ha dicho por qué?

Guille se ha quitado la mochila del hombro y la ha

dejado en el suelo, a sus pies. Luego se ha encogido un poco y ha inclinado la cabeza a un lado.

—Sí. Ha dicho: pues-por-que-no-y-se-acabó.

Enseguida ha vuelto a bajar la mirada.

—Bueno —le he dicho—, a lo mejor cambia de opinión. Ya sabes cómo son los mayores.

Me ha mirado con una sonrisa triste en los ojos.

—Sí.

Se ha quedado allí de pie, en la puerta, sin decir nada más, como si esperara algo.

—¿Algo más, Guille?

—Sí.

—Tú dirás.

—Es que… como ya no he venido más a verla los jueves y mañana empiezan las vacaciones, le he traído dos dibujos —ha dicho, agachándose sobre la mochila.

Antes de que yo pudiera decir nada, ha abierto la cremallera y ha sacado dos hojas de papel un poco arrugadas. Luego se ha levantado y me las ha tendido sin moverse.

He querido decirle que no podía aceptar los dibujos, porque ya no soy su orientadora, pero no he podido. Desde que Manuel Antúnez puso el punto y final a las sesiones, no he dejado de darle vueltas al caso de Guille y a todos los cabos que siguen sueltos. Durante estos días he revisado su archivo, mis notas, imágenes y retazos de nuestras conversaciones… y también le he visto ensayar sin que él lo sepa. Algunas tardes me he acercado a la puerta de la habitación del fondo del vestíbulo y me he quedado unos minutos mirándole mientras él canta y baila el «Supercalifragilisticoespialidoso» como si le fuera la vida en ello, con su eterna sonrisa, el extraño disfraz —el sombrero con la flor artificial, la falda larga, las botas de cordones y el paraguas imaginario— y los ojos cerrados. Y mientras le miraba, oía el eco de las palabras de Sonia colándose entre la música: «Creo que el Guille que vemos es la pieza de un rompecabezas, y que debajo de esa felicidad hay un... misterio. Un pozo del que quizá esté pidiendo que le saquemos».

He querido decirle que no, que ya no puedo hacer nada con sus dibujos, pero no he sido capaz y le he tendido la mano desde la mesa.

—Ven, siéntate —le he dicho. Luego he mirado mi reloj—. Pero solo tengo unos minutos. Estoy esperando una visita que debe de estar al llegar.

—Vale.

Me ha dado las dos hojas y se ha sentado delante de mí en el borde de la silla, al otro lado de la mesa, balanceando los pies en el aire mientras yo volvía a ponerme las gafas. Cuando he levantado la vista, le he visto poniéndose las manos debajo de los muslos y recorriendo la habitación con los ojos. Luego he mirado el primer dibujo.

Lo que he visto me ha dejado totalmente perdida, tanto que Guille ha debido de haberlo notado en mi expresión, porque enseguida ha dicho:

—Ese es el de después.

Le he mirado.

—¿El de después?

Ha dicho que sí con la cabeza.

—El de después de la función.

He mirado el dibujo, pero no he logrado entender. Guille ha sonreído.

—Es lo que pasará cuando termine mi número de la función de Navidad y la palabra mágica funcione para que no sea muy tarde y entonces todo se arreglará.

He echado una rápida ojeada al dibujo. Efectivamente: ocupando la parte baja de la hoja, la palabra SUPERCALIFRAGILISTICOESPIALIDOSO cruzaba en rojo la página de un extremo a otro, como un sello enorme estampado sobre un paquete urgente.

Antes de que haya podido examinar el dibujo más detenidamente, Guille ha vuelto a hablar:

—El otro no —ha dicho con una sonrisa extraña.

He parpadeado, intentando seguirle. No ha hecho falta preguntar. Él mismo se ha explicado.

—El otro dibujo es ahora —ha dicho.

He cogido el dibujo y lo he acercado a luz de la lámpara. De repente he sentido un pequeño escalofrío que se me ha ido repartiendo despacio por el pecho como una red de tentáculos.

—Pero, Guille... —me he oído decir en voz baja—. Esto es...

En ese momento una figura ha pasado por delante de la ventana y unos pasos han hecho crujir la grava del sendero que rodea la casa en dirección a la puerta.

Guille y yo nos hemos mirado y él ha asentido con la cabeza una vez más.

—Sí —ha dicho—. Es una sirena.

Los pasos se han detenido y fuera se ha hecho el silencio. Luego ha sonado el timbre. He pulsado el botón que tengo junto a la mesa y se ha oído el «clic» de la puerta al abrirse.

Guille se ha vuelto a mirar atrás y enseguida se ha bajado de la silla.

—Creo que a lo mejor tengo que irme, ¿a que sí? —ha dicho, cogiendo la mochila del suelo y volviéndose de espaldas sin darme tiempo a responder. Mientras él se alejaba despacio hacia la puerta, he bajado la vista y he paseado la mirada por los dos dibujos que seguían delante de mí sobre la mesa.

—Guille —he dicho, casi sin pensarlo.

Él se ha parado y ha girado la cabeza.

—¿Sí?

—Espera.

Se ha vuelto del todo y se ha quedado donde estaba, un poco encorvado y con la mochila colgando de la mano, como un hombrecito cansado.

—Antes de que te vayas, me gustaría pedirte una cosa —le he dicho.

# Guille

—NO HACE FALTA que sean muy largas —ha dicho la señorita María antes de cerrar la puerta—. Con un párrafo para cada dibujo me basta.

Nazia dice siempre que los mayores son raros, porque a veces dicen cosas que no se entienden y otras parece que sí, pero luego no, como cuando la seño dice que tenemos que estudiar mucho y también dice «pero no demasiado», y no hay quien se aclare, aunque nadie se queja ni nada. Me he acordado porque la señorita María primero me ha dicho que podía marcharme y luego me ha preguntado si podía quedarme un rato más porque quería que escribiera en una hoja lo que hay en los dos dibujos que le he traído.

Yo no he entendido muy bien para qué quería que le contara lo que hay en los dibujos si los dibujos son para ella, pero a lo mejor es que no ve bien y necesita otras gafas aunque no lo sabe.

—Es que ahora es después del recreo y me toca gimnasia —le he dicho.

—No te preocupes por eso —ha dicho, despeinándome así, un poco—. En cuanto me siente, llamo a secretaría para que sepan que estás conmigo.

Entonces me ha acompañado aquí, que es la habitación del fondo del pasillo donde ensayo para la función, y me ha dado una hoja y un boli verde. Bueno, un rotulador.

—Cuando hayas terminado, puedes dejarlo todo encima de la mesa. Yo pasaré a recogerlo en cuanto acabe con la visita.

—Bueno.

Y se ha ido.

Como no sabía por cuál empezar, he cogido el dibujo de lo que pasará después de la función, cuando la palabra mágica haya funcionado. Lo he puesto al lado de la hoja de rayas y he escrito con el boli verde:

REDACCIÓN DEL PRIMER DIBUJO DE GUILLE PARA LA SEÑORITA MARÍA.

Luego he mirado el dibujo un poco para acordarme bien.

Supercalifragilisticoespialidoso

Pues lo que pasará es que cuando cante en la
función, Mary Poppins oirá la palabra mágica muchas veces porque la canción la repite todo el rato,
aunque cuesta un poco porque como también bailo,
pues me canso y no me sale la voz. Entonces habré
llegado a tiempo aunque un poco justo para que
cambien las cosas, pero no importa, y así Nazia no
tendrá que irse castigada con su familia al Pakistán
para conocer al hombre gordo y feo del bigote que
va a ser su marido aunque sea tan viejo, es que
como es su primo y también es rico, pues Rafiq ya
lo tiene todo preparado, o a lo mejor se van todos
menos Nazia y como papá se siente tan solo y llora
tanto, la adopta. Sí, creo que es lo mejor: papá la
adoptará y seremos tres otra vez como antes, y
nos tomaremos las uvas en casa viendo la tele, y a

lo mejor Nazia se puede quitar un poco el velo, no sé, ya veremos.

Cuando he terminado la redacción del primero, he cogido una hoja de rayas nueva y me he puesto al lado el otro dibujo para no olvidarme nada.

REDACCIÓN DEL SEGUNDO DIBUJO DE GUILLE PARA LA SEÑORITA MARÍA.

En este dibujo está mamá cuando se marchó y entonces se quedó a vivir en el cofre del tesoro de papá, encima del armario, porque se convirtió en sirena, que son como los peces pero en señora, aunque yo nunca lo digo porque creo que nadie lo sabe, si no, no saldría que está desaparecida en los periódicos que papá guarda en el álbum de piel marrón. A mí me parece que como en Dubái tienen un mar muy azul y hay sirenos, mamá bucea con los peces y nada todo el rato, como cuando íbamos a Mallorca y salíamos con la colchoneta amarilla y decía: «Ahora bajaré un ratito a investigar» y se metía en el agua y tardaba un rato en volver. Y seguro que... bueno, es que no sé qué más decir. Ah, sí, que seguro que Mary Poppins va a verla a veces y hasta bailan juntas con los cangrejos y los pulpos y las caracolas que suenan como los barcos grandes y a lo mejor le pasa como a Ariel, que nadie sabía dónde estaba y al final resulta que se había escapado para enamorarse del príncipe moreno que se parece a papá, y ya está.

Y bueno.

Cuando he terminado, he repasado las redacciones por si había alguna falta, como en los dictados de clase de Lengua, y las he dejado con los dibujos encima de la mesa antes de irme. Luego he cogido la mochila y he salido al pasillo, y al pasar por delante del despacho de la señorita María, he visto que tenía la puerta un poco abierta y me he asomado para despedirme, pero ella estaba sentada hablando por teléfono y no había nadie más, así que no he sabido qué hacer y no he hecho nada.

—Necesito verte, Sonia —decía. Y luego—: Espero que ya estés recuperada. Sí, sí. Claro. Sí, quiero hablarte de Guille, y también de Nazia.

Luego ha pasado un rato muy corto sin decir nada, hasta que ha empezado a apuntar cosas en su libreta y:

—No, supongo que puede esperar a mañana, sí. Y casi prefiero no hablarlo por teléfono.

Otro ratito.

—Sí. Perfecto. Mañana a primera hora en tu despacho.

Me ha parecido que debía de estar a punto de colgar, porque en las películas cuando dicen eso es que ya no van a decir nada más, así que como ha dicho que no hacía falta que entrara a despedirme he pasado de puntillas por delante de la puerta y he salido al jardín, y en ese momento ha sonado el timbre de la última hora y he echado a correr para no llegar tarde a clase y ya está.

# María

—¿CÓMO DICES?

Sonia ha levantado la vista del informe y ha apretado la mandíbula. Tensión, había tensión en su voz y también en las manos, que ha cerrado sobre el informe que tenía encima de la mesa.

—Al principio creí que era una invención de Guille y no le di importancia, pero luego, cuando volvió a mencionarlo, pensé que quizá debía comentártelo. De eso hace un par de semanas. Justo entonces enfermaste y la verdad, he preferido esperar a que volvieras para hablarlo contigo —he dicho.

Mientras yo hablaba, ella seguía leyendo en mi informe lo que Guille me había contado de su escena con Nazia en la trastienda del supermercado, la conversación que habían tenido en clase, los post-its y la mención de Ahmed, el primo de ella, y del supuesto viaje a Pakistán orquestado por Rafiq para casarla con él.

Ha dejado de leer durante un segundo y me ha mirado muy seria mientras sacaba los post-its amarillos del sobre.

—Quizá tendrías que haberme llamado —ha dicho

con una mueca de preocupación—. Puede que sean solo cosas de niños y que no tenga mayor importancia, pero... —Ha arrugado los labios y luego ha negado despacio con la cabeza.

«Tiene razón», he pensado, molesta conmigo misma por verme pillada en falta. Después de una noche de muy poco sueño, dándole vueltas a mi entrevista de ayer con Guille y a los dos dibujos y las redacciones que me dejó en la consulta al irse, mi reunión con Sonia no ha podido empezar peor. El día ha amanecido oscuro, con un cielo tapizado de nubes negras como las de una de esas mañanas de finales de verano, cuando al llegar la tarde el calor se convierte en tormenta. En cuanto he llegado a la escuela, me he sentido embotada y torpe mientras intentaba resumirle a Sonia lo que han sido estas tres últimas semanas de terapia con Guille. Y la verdad, ella tampoco parecía estar mucho más despejada. Además, la gripe la ha dejado blanca y ojerosa. Hemos preparado café y enseguida nos hemos centrado en lo que nos ocupaba.

—Si te digo la verdad, he estado tan absorbida por el caso de Guille que no le he prestado mucha atención al episodio de Nazia —he dicho, intentando disculparme. Ella no me ha mirado. Ha seguido leyendo, pasando rápido las páginas del informe y parándose de vez en cuando—. ¿Tú crees que...? —he empezado a preguntar.

—No importa mucho lo que yo crea —me ha cortado, levantando la cabeza. Luego ha parecido que se daba cuenta de su tono cortante y ha sonreído, dulcificando un poco el efecto—. Lo que me preocupa es que, por lo que leo aquí, no hay ninguna contradicción en lo que Guille ha contado de Nazia. Ni una sola. Es una narración muy...

—¿Lineal? —he dicho.

—Sí, lineal —ha asentido—. O lo que es lo mismo, no me parece que sea producto de la imaginación de un niño, María. Al menos, en lo que respecta a Nazia. —Ha vuelto a bajar la vista hacia las páginas del informe—. Deberíamos empezar por ver si Nazia ha seguido viniendo a clase regularmente —ha dicho, volviéndose hacia la pantalla del ordenador. Ha introducido su contraseña y ha abierto el programa de asistencias del centro. Después ha entrado en el curso de cuarto y ha pulsado la pestaña de incidencias—. Mierda —ha soltado entre dientes un segundo más tarde, rascándose la cabeza.

—¿Qué pasa?

—Nazia lleva cuatro días sin venir. Y todas las faltas están sin justificar. —Ha acercado la cara a la pantalla para leer el texto adjunto de la pestaña «Observaciones», que ha aparecido sobre un fondo naranja—. El lunes fue el último día que vino. Desde secretaría han llamado a sus padres, aunque sin respuesta. Tampoco han respondido a los SMS de notificación automática.

He sentido una oleada de calor en la cara y a punto he estado de decir que quizá fuera mera coincidencia, aunque de pronto todas las piezas del rompecabezas que Guille ha ido dándome sobre Nazia han encajado. «No puede ser», he pensado, cerrando los ojos durante un instante. Cuando los he abierto, Sonia tenía el teléfono pegado a la oreja y marcaba un número de memoria con el bolígrafo. Ha esperado unos segundos y ha soltado un suspiro de fastidio.

—Carmen, soy Sonia —ha dicho—. Necesito hablar contigo. Llámame en cuanto oigas este mensaje, al colegio o al móvil. Es muy urgente.

No me ha hecho falta preguntar. Carmen es la asistente social que trabaja con algunas familias del centro y que hace también de puente entre la escuela y el Departamento de Educación. Es una mujer muy capaz, seca y acostumbrada a manejar con pulso firme situaciones difíciles y a veces extremas. Solo hemos coincidido dos veces en lo que llevamos de trimestre y nunca le he visto una sonrisa de más.

Sonia ha colgado y se ha vuelto a mirarme.

—No creo que tarde en llamar —ha dicho. Luego me ha dedicado una pequeña sonrisa—. Mientras tanto, ¿querías hablarme de Guille?

—Sí.

Ha ordenado los papeles del informe, los ha vuelto a meter en la carpeta y me los ha devuelto.

—Te escucho.

He mirado por la ventana antes de hablar. El cielo estaba más oscuro y la luz que entraba en el despacho era tan débil que sin los fluorescentes habría sido imposible ver nada. Me ha parecido oír un trueno en la distancia, aunque Sonia no ha dado señales de haber oído nada. Me he sentado en la mesa y he dejado la carpeta a un lado.

—Tenías razón —he dicho—. Hay una punta de iceberg y el resto está debajo. Es como si Guille fuera el vigilante de un castillo que encierra cosas que él debe ocultar, pero que por otra parte necesita compartir porque la carga es demasiado pesada para él. O como si...

En ese momento ha sonado el teléfono del despacho y Sonia lo ha cogido tras el primer timbre, dejándome con la palabra en la boca.

—Hola, Carmen —ha dicho—. Sí, es Nazia, la niña nueva de cuarto. Sí. —Después de unos segundos en silencio ha vuelto a hablar—. No, no puedo esperar. —Un nuevo intervalo—. Quizá esté equivocada, pero creo que tenemos que actuar de urgencia. —Silencio—. Sí, ahora mismo si puedes. Paso a recogerte y por el camino te pongo al día. Por supuesto. —Otro segundo de silencio—. Te hago una perdida, no te preocupes. Sí, en diez minutos estoy allí.

En cuanto ha colgado, se ha levantado y ha cogido el bolso del respaldo de la silla.

—Tengo que irme, lo siento —ha dicho, metiéndose el móvil en el bolsillo del abrigo.

—Si quieres te acompaño y te lo cuento en lo que llegamos —le he dicho.

Ella ya estaba casi en la puerta. Se ha girado y me ha dicho, con una mueca de impaciencia:

—Si no te importa, preferiría que te quedaras y ayudaras a Clara a ultimar los detalles de la función. Según me dijo ayer, está todo a punto, pero no sé si volveré a tiempo y seguramente ella sola no podrá con todo.

—Claro.

—En cuanto a Guille... —ha dicho, mirando de soslayo su reloj—. Mejor lo comentamos cuando vuelva, ¿te parece?

He dudado y ella ha inclinado un poco la cabeza antes de sonreír y volverse hacia la puerta.

—Además, confío en ti, María —la he oído decir mientras salía al pasillo—. Seguro que no te equivocas.

El clic de la puerta al cerrarse ha resonado contra el silencio sepulcral que a esas horas de la mañana llenaba la escuela, y desde fuera ha llegado el temblor sordo de otro trueno, este más cercano. Me he sentado en la silla de Sonia y he abierto la carpeta. El reloj del ordenador marcaba las diez y por un momento me ha extrañado que nadie hubiera llegado todavía, aunque enseguida me he acordado de que hoy, por ser el último día de clase, el centro abre a las once y media y cierra a la una y media, después de la función de los de cuarto.

Enseguida he oído un coche que se ponía en marcha y que arrancaba con un pequeño chirrido de frenos. Después ha vuelto el silencio.

Y allí sentada, envuelta en el olor a café del despacho de Sonia, me ha invadido una oleada de profunda tristeza porque me he acordado de la primera vez que vi llegar a Guille a la casita del jardín, con esos ojos de niño adulto y esa sonrisa tan limpia y tan genuina. He vuelto a verle de pie en la puerta, con miedo a entrar al despacho, pero con su mano en la mía, y se me ha hecho un nudo en la garganta porque por primera vez en muchos años he sentido que había fallado y que ya no había tiempo para más.

He cerrado los ojos y me he masajeado las sienes mientras repasaba con la memoria imágenes, retazos de conversaciones y pequeñas anécdotas de las sesiones semanales con Guille, en un último intento por encontrar algo, esa llave que no había aparecido hasta entonces y que tenía que estar en algún rincón de nuestra historia.

—La llave del cofre del tesoro —he dicho en voz baja, sin abrir los ojos. Luego he buscado en el recuerdo durante unos minutos hasta que desde fuera ha llegado el crujido sordo de un trueno que ha hecho temblar los cristales de las ventanas.

Sobresaltada, me he vuelto a mirar el cielo gris de la mañana. El aroma del café llegaba ahora más intenso desde la mesita del rincón y de repente he visto un avión que surcaba el cielo, deslizándose bajo las nubes como un pez bajo la superficie de un mar revuelto. Un relámpago ha iluminado el cielo a poca distancia del avión, seguido de un nuevo trueno que una vez más ha hecho vibrar los cristales.

Y en ese momento, viendo el resplandor del relámpago, he sentido un golpe en el pecho que me ha encogido la espalda durante un segundo y me ha cortado el aliento.

—Claro —me he oído susurrar—. ¡Claro! ¿Cómo no lo he visto antes?

Con el corazón en un puño, he abierto la carpeta del archivo de Guille y he pasado a toda prisa las hojas escritas, las fichas de observaciones, las notas y los dibujos hasta llegar a la última página.

Al sacarla de la carpeta, me ha temblado un poco la mano y antes de desplegarla he tomado un sorbo de café y he respirado hondo. Luego, mientras un nuevo relámpago iluminaba el cielo oscuro, he desdoblado la hoja con el último dibujo de Guille.

Entonces se ha hecho la luz.

# Guille

HOY ME HE LEVANTADO más tarde porque empezamos el cole a las once y media por lo de la función, así que he podido dormir un rato de los largos mientras el despertador de Mary Poppins hacía tic-tac-tic en la mesita al lado de la foto de mamá, pero sin sonar. Luego he sacado la sábana de la lavadora y la he metido en la secadora. Es que ayer papá volvió a quedarse hasta muy tarde en el ordenador y como no se iba nunca a la cama, al final no me pude aguantar y me hice pis, y mientras la sábana se secaba he preparado el Cola Cao y las tostadas con mermelada roja con trozos que es la que le gusta a mamá.

Después de lavarme la cara y los dientes, me he vestido y he sacado la sábana de la secadora para doblarla y dejarla en el armario, así papá no la ve, y luego, como he visto por la ventana de la cocina que el cielo estaba lleno de nubes gordas como de llover me he puesto el anorak con capucha. También he cogido la bolsa de gimnasia que es igual que la de papá, donde llevo el disfraz de Mary Poppins, y he salido sin hacer mucho ruido, bueno a lo mejor un poco.

Desde que vivimos aquí me gusta bajar por las escaleras porque son de mármol como las de los castillos y además algún día tendré que aprender a resbalar sentado en la barandilla como Mary Poppins para tardar menos, porque como habrá mucho que hacer, iré más deprisa que el ascensor, que se estropea mucho porque no es mágico. Pero cuando he salido al rellano me he encontrado a la señora Yudmila, que es nuestra vecina rara, es que creo que es actriz pero de Rumanía como Drácula y habla así, con una voz de los espías de las películas en blanco y negro: «Buenosh diash, Guillerrrrmo, ¿comosshhtás hoy?, yo bien, grrrrasiass, no parrrass de crrrrecer, ¿eh? Ya errres un hombrreshhhito», y a mí me da un poco de miedo con su pelo tan rubio, las cejas negras como de carbón y el diente de oro que baila un poco, pero bueno. Pues la señora Yudmila estaba esperando con la puerta abierta y ha dicho: «¿Bajasss, Guillerrrmo?» y hemos bajado juntos hasta la portería mientras ella se pintaba la cara en el espejo y hasta se ha echado un perfume que a lo mejor era caro porque olía como lo que papá pone en el enchufe del estudio para que no se note que fuma muchos cigarrillos y ya está.

Luego, cuando he abierto la puerta de la calle y he girado para ir a coger el autobús a la parada, ha sido como en las películas: delante de la puerta del súper había dos coches de policía con las sirenas azules dando vueltas y un montón de gente detrás de unas cintas blancas, como cuando en el patio del instituto que está al lado del cole los de la ESO se pegan y alguien grita: «¡Pelea, pelea!» y corremos todos mucho para ver quién es y nos quedamos un rato mirando hasta que llega alguna señorita o el dire y se acaba porque en el instituto no te dejan.

Me he acercado hasta el corro de gente y había un hueco entre tres señores mayores con gorra de cuadros de los que ya no trabajan porque dice papá que «ya han currado mucho en su vida y se lo tienen ganado, hombre», así que me he colado a mirar y entonces he sentido una cosa aquí, encima de la tripa, pero duro, porque he visto que Nazia y su madre estaban de pie al lado de la persiana cogidas de la mano, y la madre se tapaba la cara con el velo, pero Nazia no. Y cuando he movido la mano así, para que me viera, por la puerta de la persiana han salido el padre de Nazia y también Rafiq con dos hombres policía que los llevaban del brazo hasta el coche que estaba delante. Y Rafiq gritaba y daba patadas con muchos insultos y uno de los señores de la gorra de cuadros ha dicho:

—Bah, estos son todos iguales, a saber en lo que andarán metidos. Si es que...

El otro fumaba una cosa que sacaba humo, como un cigarrillo pero que no estaba encendido porque era de plástico, y ha tosido un poco y ha dicho:

—Nada bueno, seguro. Ya me parecía a mí ese chaval, siempre en el locutorio con el otro. A ver si resulta que van a ser de los que ponen las bombas...

Y la chica que estaba un poco más allá ha mirado al cielo y ha dicho:

—Pobre gente, con lo que tienen que pasar, tan lejos de su casa y encima esto...

Entonces otra señora ha dicho:

—¿Y nosotros? ¿Con lo que tenemos que pasar nosotros para que vengan a robarnos? Ya estamos con la misma cantinela de siempre... es que no aprendemos. Parece mentira, hombre.

Pero de repente se han callado todos, porque los policías han metido a Rafiq y a su padre en un coche, ¡y del súper han salido la señorita Sonia y la señora Carmen!, que también trabaja en la escuela pero ahora no me acuerdo de lo que hace. Las señas estaban muy serias y se han puesto a hablar con Nazia y con su madre, que se tocaba la frente y decía que no todo el rato con la cabeza y «ay, ay, ay, ay» hasta que la señorita Sonia la ha abrazado por detrás y le ha dicho cosas bajito un rato pero de los cortos. Después han subido todas al segundo coche y también se han marchado con la sirena apagada y ya está.

—Mañana ya los han soltado, verás —ha dicho el señor de la gorra con el cigarrillo de plástico. Y también ha escupido. Luego ha dicho más cosas, pero como la señora ha dicho: «Uy, cómo pasa el tiempo, ya son más de las once. Se le va a una la mañana sin darse cuenta, y encima seguro que nos llueve», he pensado que a lo mejor llegaba tarde al cole, así que he corrido un poco hasta la parada del autobús, que justo entonces ha girado por la esquina de la plaza y se ha parado en el semáforo. Y mientras corría hacia la parada tenía un poco de dolor aquí, como de pipí, porque me he acordado de que Nazia no me ha visto y a lo mejor es que se marchaba con su madre al aeropuerto y si se va antes de que cante el número de Mary Poppins ya no podré ayudarla y se morirá en el harén de su marido gordo con bigote que también es su primo mayor y entonces...

Entonces he subido al autobús y cuando he llegado al colegio eran un poco pasadas las once y media, lo ha dicho el abuelo de Pilar Soria, que estaba en la puerta con la madre de los gemelos Rosón.

—Corre, Pilar, anda, que ya son y treinta y cinco, a ver si resulta que el último día llegas tarde —ha gritado. Y después le ha dicho a la señora Rosón—: Si le apetece podemos ir a tomar un café al bar de la calle de abajo. Total, qué tontería irnos a casa si tenemos que volver dentro de una hora para la función de los niños, ¿no?

Y ella ha dicho:

—Mmmm. —Y enseguida se ha rascado la oreja y otra vez—: Mmmm.

Y se han ido despacito cogidos del brazo.

Entonces he echado a correr mucho pero sin parar, porque a lo mejor si llegaba el primero podía pedirle a la señorita María que me dejara cantar antes que nadie y así Nazia todavía no se habría subido al avión con su madre y ya no tendría que marcharse al Pakistán, pero cuando he llegado al salón de actos había unos cuantos niños de la clase y también algunos padres en la puerta, pero la señorita María no estaba. Solo la señorita Clara.

—Ah, Guille. Menos mal que has llegado —ha dicho desde el escenario. Luego ha mirado con las cejas muy juntas una carpeta con anillas que tenía en las manos y después—: Nazia y tú salís después de los gemelos Rosón. Los… a ver… mmm… sí, los penúltimos.

—Pero, señorita…

—¿Sí?

—Es que a lo mejor podría ser el primero porque así saldría antes y entonces llegaría a tiempo y bueno.

La señorita Clara me ha mirado así, un poco torcido, y luego ha hecho «cht» con la lengua. Dos veces.

—Ni hablar, Guille. Ya está todo preparado. Ahora ya no podemos cambiar el orden.

He tragado un poco duro, como cuando sales a la pizarra y se te mete tiza por la nariz, pero sin tiza.

—Pero a lo mejor… si se lo pregunta a la señorita María… Es que ella dijo…

Ha dicho que no con la cabeza y luego:

—No creo que la señorita María venga a la función, Guille.

—¿No?

—Ha tenido que salir. Una urgencia.

—Ah.

—Y ahora pasa con tus compañeros detrás del telón, ¿quieres? Tengo que recibir a vuestros padres. En cuanto pueda, iré a ayudaros con los disfraces, porque yo sola no puedo con todo.

—Bueno.

Me he metido detrás del telón y ya estaban allí los gemelos y Silvia Gómez y muchos más, algunos con sus disfraces, y como tenía un poco de pis, he ido al baño que está detrás de la cortina, al lado de la puerta del patio, pero estaba ocupado, así que he tenido que esperar. Y luego...

Luego ha pasado algo muy gordo.

Pero muy, muy gordo. Y también ha sonado un trueno.

Todo a la vez.

Y ya está.

# María

LA VERDAD.

Qué cierto es eso de que cuando llevamos mucho tiempo buscando la verdad, el día que por fin la descubrimos llega lo más difícil.

¿Qué hacer con ella?

Lo curioso no es tanto haberla tenido delante de nuestros ojos todo el tiempo y no haber sabido verla hasta el último momento. Lo realmente curioso es que cuando por fin aparece, la verdad no permite largos plazos. Exige actuar, normalmente con urgencia.

El avión, ahí estaba la verdad de Guille. La pieza del rompecabezas que faltaba.

Cuando hace un rato he desplegado el último dibujo de Guille en la mesa de Sonia, he entendido que lo que Guille quería retratar era algo puntual que había ocurrido en su momento y que para él lo había cambiado todo.

El principio de todas las cosas. Eso era lo que había dibujado.

¿Pero el principio de qué?

Una sirena, un avión, un sol y una repentina tormenta. Durante unos segundos me he quedado mirando el dibujo como si lo viera por primera vez mientras mi cerebro ordenaba toda la información que ha ido acumulando desde que Guille empezó a venir a la consulta.

«Cuando las personas desaparecen, ¿adónde van? ¿Es como cuando se mueren, o distinto?», le he oído preguntar de nuevo en mi cabeza.

Entonces una sospecha se ha abierto paso entre la maraña de piezas del rompecabezas.

«Claro», he pensado. «Cómo no se me ha ocurrido antes».

He apartado a un lado el dibujo y he pulsado el icono del navegador en el ordenador. Luego he introducido: «15 agosto azafata española» en la búsqueda y he pulsado «Intro».

Nada.

Ni una sola entrada.

Desde el otro lado de la ventana ha llegado un nuevo trueno, esta vez más cerca, seguido de una ristra de rugidos menores. En el mar de nubes oscuras prácticamente no quedaba ni un solo hueco azul. Me he levantado a prepararme otro café y he empezado a pasearme despacio por el despacho, intentando volver a poner en orden las ideas.

«Algo se te escapa, María», iba pensando mientras en el exterior la luz de la mañana casi parecía la de un anochecer otoñal. «Falta algo». He seguido dándole vueltas hasta que al llegar a la puerta me he parado a tomar un sorbo de café caliente y, cuando he bajado la taza, he visto que sobre el fondo blanco de porcelana había un dibujo grabado del Big Ben y del Puente de Londres sobre un cuadrado en el que ponía: I ♥ London.

He estado a punto de soltar la taza. ¡Claro! ¡Eso era! He dejado la taza en la repisa de la ventana y he corrido hasta el teléfono.

Al otro lado de la línea, Ester, una de las dos secretarias del centro, ha contestado al primer tono de llamada.

—Hola, Ester, buenos días. Soy María, la psicóloga —le he dicho—. Necesito una información urgente.

—Claro —ha contestado con voz eficiente—. Dígame.

—Necesito que me busques el segundo apellido de Guillermo Antúnez. Está en la clase de cuarto.

—Un momento —ha dicho. La he oído respirar contra el auricular mientras tecleaba en el ordenador. Tras unos segundos de espera, ha vuelto a colocarse bien el auricular contra la boca y ha dicho—: Aquí lo tengo. Veamos. Guillermo... —ha leído entre dientes hasta que por fin—: Willet. Guillermo Antúnez Willet.

Le he pedido que me lo deletreara y después he colgado.

Esta vez no podía fallar.

He escrito «Amanda Willet azafata agosto» en la pestaña de «Noticias» de Google y he pulsado «Intro».

No ha hecho falta más.

Había ciento catorce entradas.

Y el titular de todas ellas era prácticamente el mismo.

\* \* \*

Eso ha sido hace apenas un cuarto de hora, el tiempo suficiente para terminarme el café, pasar por el salón de actos para avisar a Clara de que tenía que salir a atender un imprevisto urgente, bajar al aparcamiento, subir al coche y plantarme aquí en un visto y no visto. Mientras subía en el ascensor le he enviado un whatsapp a Sonia que decía más o menos así:

«Sonia, he tenido que salir del colegio y he dejado a Clara a cargo de la función. Se trata de Guille. No podía esperar. Volveré en cuanto pueda. Confía en mí».

Ahora, mientras espero el whatsapp de respuesta, se oyen pasos que se acercan despacio al otro lado de la puerta. Los pasos se detienen y el hueco de luz de la mirilla se oscurece. Alguien me mira desde el interior y se hace un silencio tenso hasta que por fin vuelve la luz a la mirilla y la puerta se abre con un pequeño chirrido.

—¿Usted? —pregunta el dueño de los pasos con una expresión entre asombrada y fastidiada.

—¿Puedo pasar?

Al fondo, desde una radio, se oyen las noticias, pero aquí, en la puerta, vuelve a hacerse un silencio incómodo mientras nos miramos sin decir nada. Después él niega despacio con la cabeza, bajando la mirada. Cuando creo que va a cerrarme la puerta, se aparta despacio a un lado y dice en voz baja:

—Pase.

Justo en el momento en que estoy a punto de cruzar el umbral, el tintineo de un whatsapp suena en mi teléfono. Toco la pantalla en un gesto reflejo y veo el mensaje de respuesta de Sonia. Dice así:

«Adelante, María. Y cuidado con los icebergs».

Sonrío disimuladamente y entro. Cuando Manuel Antúnez cierra despacio la puerta, el clic de la cerradura me provoca un escalofrío en la espalda que disimulo con una sonrisa tensa.

«Adelante, María», pienso, inspirando hondo y dando el primer paso por el pasillo hacia lo que supongo que debe de ser el salón.

VII

EL SECRETO DE AMANDA
WILLET, LA BOLSA DE PIEL BLANCA
Y UNA MARY POPPINS
MUY ESPECIAL

# María

—CREO QUE SERÁ mejor que se vaya.

Manuel Antúnez espera sentado en una silla delante de mí, con los codos apoyados sobre la mesa del comedor. Está desaseado y lleva un chándal gris que debe de usar para estar por casa y quizá también como pijama. El salón-comedor es una habitación escasamente decorada con un sofá marrón, la mesa y tres sillas, una televisión y una pared cubierta de cajas de mudanza todavía sin abrir. La impresión que da es de provisionalidad, o mejor, del descuido típico de un piso de soltero. Ni una planta. Ni un cuadro. Por la ventana se ven azoteas y calles, y un cielo negro cubre la mañana de un manto gris, casi negro.

Manuel Antúnez me mira y niega con la cabeza al tiempo que un trueno retumba al otro lado del ventanal y un par de palomas echan a volar desde la barandilla de la terraza. La tensión de la tormenta es casi eléctrica.

—Ya le dije que no se metiera más en nuestras cosas —dice con un tono amenazador—. Ni Guille ni yo necesitamos la ayuda de nadie.

Llevamos apenas diez minutos aquí, en el salón,

y es la primera vez que ha hablado. Desde que me he sentado en la silla delante de él todos mis intentos de iniciar una conversación sobre Guille y sobre el porqué de mi visita han chocado contra su silencio. Nada, ni una sola palabra hasta este «será mejor que se marche» que yo ya esperaba. He apoyado, también yo, los brazos en la mesa antes de volver a hablar.

—Creo que antes de irme debería escucharme, señor Antúnez. —Él ha levantado la mirada y ha clavado en mí unos ojos cansados, pero no ha dicho nada—. Por favor.

Silencio.

—Sé que esto no es agradable. Ahora entiendo el esfuerzo que ha hecho durante todos estos meses para proteger a Guille. No debe de haber sido nada fácil para usted. —He intentado sonreír, aunque no lo he conseguido del todo—. Pero quizá haya llegado el momento de que se deje ayudar.

Silencio. Un nuevo trueno, este casi encima de nosotros. Él ha resoplado por la nariz y se ha frotado la cara con las palmas de las manos como si se la lavara para despertarse.

—En cualquier caso, creo que ya ha pasado un tiempo prudencial, y no me parece que alargar esta situación durante más tiempo sea bueno ni para usted ni para Guille —he dicho—. Nosotros, yo... podríamos ayudarle a enfocarlo. Una noticia así no es fácil de compartir con un niño, aunque ese niño sea Guille.

Manuel Antúnez ha arrugado el ceño y por primera vez en lo que llevamos de conversación he sentido que me veía, que estaba en el comedor conmigo.

—No sé de qué me habla —ha dicho con una voz metálica. Luego ha vuelto la mirada hacia la ventana y el negro del cielo le ha oscurecido las pupilas—. Creo que debería marcharse. —Ha bajado la mirada hacia su reloj—. Sí. Es mejor que se vaya. Tengo cosas que hacer.

He inspirado hondo antes de volver a hablar.

—Lo sé todo, señor Antúnez —he dicho por fin.

Él ni siquiera ha parpadeado. Ha esperado unos segundos antes de hablar.

—¿Todo? —ha murmurado, arrugando aún más la frente, como si no me hubiera entendido.

—Sí.

No ha dicho nada. Solo ha vuelto a suspirar por la nariz.

—Sé lo de... su esposa —he dicho—. Y lo siento muchísimo, créame. Yo...

—Márchese —ha siseado de repente con una voz glacial—. Usted no sabe nada —ha añadido mientras las primeras gotas tintineaban contra el metal de la barandilla de la terraza—. ¡Nadie sabe nada! —Me ha sorprendido tanto su cambio de tono que me he inclinado un poco hacia atrás en la silla, pero no me he movido—. ¡Déjenos en paz de una vez y márchese con sus cuentos a otra parte! —ha gritado, echando la silla hacia atrás con un chirrido y poniéndose de pie.

En ese momento un trueno ha crujido en el cielo y la lluvia ha empezado a caer con fuerza. La luz de la calle era casi nula y en el comedor la oscuridad era inquietante. Aun así, no he perdido la calma. He abierto el portafolios que había dejado sobre la mesa al sentarme, he cogido el montón de copias que he impreso en el despacho de Sonia y las he deslizado sobre la mesa hacia él.

La mirada de Manuel Antúnez se ha quedado clavada como un arpón en la primera hoja del taco, una copia a color de una noticia de un diario digital en la que aparecía una foto de una mujer joven, rubia y sonriente, vestida con uniforme de azafata. El titular que coronaba la foto decía así:

### DAN POR DESAPARECIDA A LA AZAFATA ESPAÑOLA EN AGUAS DE DUBÁI

*(Agencias, 19 de agosto)*
Amanda Willet, miembro de la tripulación del avión que se estrelló la madrugada del lunes 16 en aguas del golfo Pérsico, a unas 60 millas de la costa de Dubái, ha sido dada por desaparecida junto con el resto de la tripulación y de los pasajeros de la aeronave.

Las autoridades pertinentes de los Emiratos Árabes aseguran que seguirán rastreando la zona. Hasta el momento, no se han encontrado restos del aparato siniestrado y la esperanza de hallar supervivientes es, según los equipos de búsqueda, nula.

Cuando segundos más tarde ha levantado la mirada, le temblaba la barbilla y parpadeaba de un modo extraño, como si hubiera una luz que le estuviera cegando. Enseguida se ha tapado los ojos y se ha quedado así, apoyado con una mano en la mesa y los ojos tapados, mientras fuera la lluvia repiqueteaba contra las azoteas y las barandillas como una cortina de monedas.

—Señor Antúnez —le he dicho con voz suave—, lo que le ocurre a Guille es que tiene demasiadas preguntas y demasiadas sospechas que no sabe cómo formular.

Nada. No se ha movido.

—Hace tiempo que Guille conoce la existencia de estos recortes. Los encontró un día en la caja que usted guarda encima del armario y desde entonces los revisa a menudo cuando usted no está, perdido en un laberinto de cosas que no entiende y que es demasiado pequeño para asimilar solo.

Más silencio. Manuel Antúnez seguía donde estaba, inmóvil.

—Entiendo que esto le resulte muy doloroso, pero

piense en lo que debe de estar sufriendo él sin poder compartir todo lo que tiene dentro con su padre —he insistido—. Sé por Guille que usted ha hecho muchas cosas para que no se entere de que la ausencia de su madre no es solo una ausencia... temporal: las cartas que le envía los jueves haciéndose pasar por ella, las horas que pasa fingiendo que habla con ella en el ordenador, los mails que le manda, esas llamadas telefónicas que no existen... Lo sé yo y, por lo que le he tratado, Guille lo intuye también, aunque sin ser consciente de ello. Pero creo que empeñarse en protegerle del dolor de una pérdida como la de su madre no le está haciendo bien, señor Antúnez, por eso su hijo se aferra tanto a Mary Poppins y por eso ese empeño por refugiarse en la magia.

Silencio. Fuera, la tormenta era un torrente ensordecedor de agua, rayos y truenos desde un cielo negro y bajo, casi irreal.

—Ese no saber es demasiado peso para un niño tan pequeño y demasiado peso también para usted, créame. Ninguno de los dos se lo merece, Manuel —le he dicho mientras él seguía sin moverse—. Debe sentarse con Guille a explicárselo y ayudarle a aceptar que su madre no va a volver; y darle las respuestas que necesita. Y hágalo cuanto antes. Ya ha soportado demasiada angustia...

Un trueno como un rugido me ha callado la voz desde fuera y en ese momento Manuel Antúnez ha bajado despacio la mano que le cubría la cara, dejando a la vista unos ojos vidriosos y un rostro contraído por el dolor. Un instante después, ha alargado las manos, ha cogido el fajo de artículos de periódico impresos que estaba en el centro de la mesa y se los ha llevado contra el pecho. Luego ha bajado la cabeza y ha empezado a acunar los papeles muy despacio mientras soltaba un gemido ronco que me ha cortado el aliento.

—Amanda no se ha ido —ha dicho con una voz que parecía llena de cristales—. Ella... la encontrarán. Seguro que sí. Ya lo verá. Solo es cuestión de tiempo. Y las cosas volverán a ser como antes. —Luego, con un hilo de voz, ha apretado un poco más las fotocopias contra su pecho y ha murmurado—: Todo se arreglará, cariño, claro que sí...

Mientras Manuel Antúnez seguía abrazado al montón de hojas, aferrado a una Amanda que ya no existía, he entendido con el corazón encogido que la verdad, cuando aparece, a menudo es solo la puerta a otra verdad más profunda que jamás habíamos sospechado y que a menudo lo explica todo.

He cerrado los ojos durante un instante y he respirado hondo.

Entonces la he visto.

La base del iceberg.

Ahí estaba.

Potente como la luz de un faro.

# Guille

PUES LO GORDO que ha pasado es que como el baño que está detrás de la cortina estaba ocupado mucho rato porque no salía nadie, me he sentado a esperar con mi bolsa de gimnasia en el escalón que está contra la pared. Ya faltaba muy poco para empezar y la señorita Clara ha entrado un par de veces o tres y ha dicho:

—Shhhh, niños, calma. Estaos quietos. —Y también, aunque un poco más bajo y con los labios así, torcidos—: Así no hay quien se aclare. A mí me va a dar algo. Seguro que sí.

Luego, Marta Ramírez se ha puesto a ensayar con Silvia Leiva su número de las Monster High y cuando se han dado la vuelta así, hacia allá, Silvia se ha tropezado con una madera que asomaba de debajo de una silla y se ha caído de cara contra el suelo. Todos nos hemos quedado callados, bueno todos no, porque Martín Gil se ha reído un poco hasta que Silvia se ha levantado con las gafas rotas y sangre en la nariz.

—Ay, Dios mío, lo que nos faltaba —ha dicho la señorita Clara y se ha puesto la mano en el pecho, que se inflaba y se desinflaba muy rápido, mientras ella hacía «fu, fu, fu», hasta que Silvia se ha puesto a llorar como la sirena de una ambulancia y la señorita la ha cogido de la mano y la ha levantado despacito del suelo. Luego ha dicho—: Vamos, cielo. Bajaremos a la enfermería y el señor Armando te curará, no te asustes. Ya verás como no es nada y en un santiamén estás otra vez aquí para tu número, ¿sí? —Y cuando salían se ha vuelto de espaldas y ha dicho—: Y vosotros quietecitos que ahora vuelvo, ¿eh? Que no me entere yo de que armáis jaleo mientras estamos en la enfermería...

Luego ya no estaban y enseguida todos se han puesto a hablar y a jugar con los disfraces y también al escondite, pero como yo tenía mucho pipí y no quería levantarme del escalón, me he quedado sentado apretando un poco las piernas y he apartado un poco la cortina gorda negra para ver si ya había llegado mucha gente o solo poca, aunque creo que en el teatro no se llama así. Es que mamá me dijo una vez que las personas que se sientan en fila pero en el cine o en el teatro se llaman público, que lo de gente es en el fútbol o en la calle, pero ahora no me acuerdo.

En el público he visto muchas sillas ocupadas, más de cuarenta, creo; bueno, todas menos dos de la segunda fila y algunas del fondo, que eran las de las señoritas, los profes y el director. En la tercera, debajo de la ventana, estaban los padres de los gemelos Rosón, que no viven juntos porque dice papá que ahora se quieren diferente, y también el hermano mayor de Teresa de Andrés, que ya va a la universidad de los mayores para ser ingeniero de cohetes en América, y también otros padres y madres que no conocía, y algún abuelo con el pelo blanco o gris oscuro. Entonces he pensado que a lo mejor las dos sillas vacías eran para papá y mamá, y me ha dado vergüenza, porque seguro que la señorita Clara no sabía que no iban a venir y los estaban esperando para empezar, y también he pensado que a lo mejor si le hubiera prometido a papá que en enero me apuntaría al rugby habría venido con tío Enrique, aunque mejor que no, porque si me ve vestido así se le pondrá la cara oscura y me quedaré sin cenar y... bueno, me ha dado una pena aquí, como de respirar bajo el agua de la bañera con burbujas pero sin agua, y enseguida me he acordado de mamá con su traje de sirena en el mar de Dubái, buceando con el sireno y los cangrejos, y cantando como en la Sirenita bajo el mar, porque espera a que yo actúe y diga la palabra mágica para que Mary Poppins me oiga y baje con su paraguas a llevársela con ella al cielo y ya está.

Cuando he cerrado la cortina ya no me aguantaba las ganas de hacer pipí. He ido corriendo con las piernas apretadas hasta la puerta del baño y he llamado más de cinco veces o siete, pero nada, no salía nadie. He esperado un poco y he vuelto a llamar:

—Por favor, ¿hay alguien? Es que tengo mucho pip...

—No hay nadie —ha dicho una voz detrás de mí. Me he dado la vuelta y era Lara Gutiérrez, que ya estaba disfrazada de la señora Simpson, aunque sin el pelo de mentira. Antes de marcharse corriendo a la habitación donde nos cambiamos, también ha dicho—: Es que está estropeado. La seño ha dicho que tenemos que ir al de la segunda planta.

—Pero es que no llego...

Entonces se ha abierto la cortina negra y ha aparecido la señorita Clara andando muy deprisa con su carpeta en la mano. Cuando me ha visto, ha venido hasta donde yo estaba y me ha dicho con una cara como roja pero no de rabia:

—Guille, hijo, ¿todavía estás así?

—Es que...

—¿A qué esperas para cambiarte?

—Es que tenía pipí y la puerta...

—Déjate de pipís ahora, que no es momento. —Ha mirado su reloj y ha abierto mucho los ojos—. ¡Pero si estamos a punto de empezar! ¡Ya deberías haberte cambiado!

—Sí.

—¿Entonces? ¿A qué esperas?

—Es que creía que había alguien y Lara Gutiérrez me ha dicho que lo que pasa es que ...

—Bueno, no te preocupes. Como para tu número todavía falta mucho, si tanto te urge puedes usar el lavabo de los de quinto. ¡Pero sal por detrás! ¡Y date prisa!

Cuando la seño se ha ido hacia la habitación de los disfraces y ha dicho: «¡Niños, niños, faltan cinco minutos! ¡Os quiero calladitos y preparados!», he salido por la puerta que da a la pista de baloncesto y he corrido mucho, porque llovía un poco con gotas gordas, hasta la puerta de secretaría como corren los amigos de papá del rugby pero con las piernas juntas porque ya no aguantaba más de verdad. Luego he subido por la escalera al segundo piso y he llegado a los lavabos, pero no he podido abrir la puerta de ninguno de los tres retretes. Es que había un cartel que decía: «Recién fregado. No usar».

Y entonces...

Entonces es cuando se me ha escapado un poco el pis y luego ya no he podido parar, como esas noches en que papá se queda en el ordenador y al final me lo hago encima, pero sin sábana y con papeles de las manos de los que raspan y como son pequeños hay que usar muchos y luego no se meten en la lavadora.

Lo que ha pasado es que como me he quitado los pantalones muy deprisa para secarme, y también los calzoncillos y los calcetines, y me he secado todo muy rápido porque me daba miedo que entrara alguien, pues luego ya no he podido volver a ponérmelos porque estaban muy mojados y olían un poco mal, bueno, mucho. Entonces he pensado que lo mejor era envolverlos en papel de secar y ponerme el disfraz de Mary Poppins que llevaba en la bolsa de gimnasia para la función. Así que cuando he abierto la bolsa para sacar el disfraz, he notado una cosa aquí, debajo de la garganta, y también han temblado los cristales del lavabo por culpa de un trueno de los gordos.

—Ay —he dicho así, bajito, porque el dolor de debajo del cuello me apretaba la voz y también me costaba respirar un poco. Y luego otra vez—: Ay.

«Que no sea, por favor. Que no sea», he pensado justo cuando ha sonado otro trueno y las luces del lavabo se han apagado un ratito corto y luego se han vuelto a encender.

Pero enseguida he metido la mano en la bolsa y cuando he sacado la toalla blanca y los pantalones de chándal Adidas con los guantes del gimnasio he visto que sí.

Que sí que era.

La bolsa de papá.

# María

VIENDO A MANUEL ANTÚNEZ abrazado a los
artículos sobre la desaparición de su esposa, la verdad ha ido asomando desde lo oscuro en el salón,
mientras la lluvia caía a plomo sobre las azoteas. De
pronto las piezas han encajado en el rompecabezas
que durante estas últimas semanas he estado intentando resolver con Guille y el dibujo ha aparecido
completo.

«Lo sabe», he pensado. Y entonces lo he visto
tan claro, tan… lógico que he sentido un profundo
escalofrío mientras pensaba de nuevo: «Guille lo
sabe».

He entendido que la negra sombra del iceberg que
desde el primer día Sonia creyó ver debajo del padre
y del hijo no era lo que imaginábamos, sino justo lo
contrario.

La otra cara de la moneda.

La verdad, la real, era más tremenda de lo que su-
poníamos: el que no asimilaba la muerte de Amanda, quien se negaba a aceptarla, no era Guille, sino
su padre. Sí, Manuel Antúnez era un hombre aferrado a un recuerdo al que no sabía renunciar.

Y Guille...

He mirado a Manuel Antúnez y he sentido entre nosotros un vacío redondo como la mesa de madera, como si nos separara un gran pozo lleno de una tristeza honda y sola.

—Guille lo sabe todo, Manuel —me he oído decir con una voz tan grave que casi no parecía la mía.

Él ha seguido abrazado a los papeles durante unos segundos más. Luego, muy despacio, ha levantado la mirada y, clavándola en la mía, ha preguntado, como si no entendiera:

—¿Gui... lle?

—Sí —he dicho, suavizando la voz—. Desde el principio. Desde el día después de su vuelta de Londres, cuando le sonó el teléfono en la pizzería y le anunciaron que el vuelo de Amanda se había estrellado en el mar.

—No —ha dicho con un hilo de voz, apretando las fotocopias contra su pecho—. No. —Fuera ha rugido un nuevo trueno y un rayo ha iluminado el comedor. El grueso de la tormenta parecía estar justo encima de nosotros, martilleando el techo, y Manuel Antúnez se ha tambaleado un poco, primero hacia atrás y después hacia delante—. No... puede... ser —ha dicho con la frente arrugada, como si hablara consigo mismo.

Me he alarmado tanto al verle tambalearse así que me he levantado rápidamente de la silla y también yo me he quedado de pie junto a la mesa. El balanceo ha parado, pero su mirada seguía perdida.

—Desde ese día en la pizzería, Guille ha vivido para protegerle, Manuel —le he dicho con un amago de sonrisa que ha querido ser de consuelo—. A pesar de su rechazo, de su ausencia, a pesar de... todo, Guille ha velado por usted para que no se derrumbara, fingiendo que no sabía nada de la desaparición de Amanda porque tiene tanto miedo de que usted se derrumbe y perder a la única persona que le queda que está dispuesto a hacer lo que sea para que usted no sufra.

Manuel ha parpadeado varias veces, con la frente igual de arrugada, aunque tenía la mirada más clara, como si empezara a despertar de un sueño muy largo y pesado.

—Pero... yo...

—Guille sabe que su madre se estrelló en ese avión, Manuel, y sabe también que es usted quien le escribe las cartas, y que cuando se sienta en el ordenador del estudio no hay nadie al otro lado de la pantalla, porque le ha visto llorar con el ordenador apagado. Por eso se hace pipí por las noches, porque no quiere que usted le vea pasar y se dé cuenta de que él conoce su secreto.

Manuel ha empezado a respirar con dificultad, primero muy discretamente, pero cada vez tomando más aire, como si le costara.

Asustada, he rodeado la mesa para acercarme a él.

—Guille... —ha dicho, entre jadeo y jadeo, paseando la mirada por el comedor.

He llegado a su lado y le he puesto la mano en el hombro. En cuanto ha sentido mi contacto se ha encogido como si le hubiera dado un chispazo. Luego se ha relajado y ha inspirado hondo.

—Guille se ha hecho fuerte por usted, Manuel —le he dicho mientras le acariciaba despacio el hombro—. Ante la desgracia ha decidido sacarles a los dos adelante, a pesar de que solo tiene nueve años y de esa sensibilidad tan extrema que usted rechaza porque la lee mal y la toma por debilidad.

Manuel ha tragado saliva y ha bajado la mirada.

—Entonces, todo este tiempo... —ha murmurado.

He asentido, sin dejar de acariciarle el hombro.

—Ha aparcado su dolor para poder cuidar de usted. Por eso se viste de Amanda cuando no le ve. Es la única forma que se le ocurre de tenerla con él, de sentirla cerca. Y lo mismo pasa con su obsesión con Mary Poppins. Mary era algo que Amanda y él compartían, que era solo de ellos dos, y que ahora es su vínculo con ella.

Manuel respiraba de nuevo entrecortadamente, como si estuviera muy cansado y le costara encontrar el aire. Me miraba con unos ojos tan tristes que por un momento me han recordado a los de Guille y he tenido que apartar la vista.

—Por eso es tan importante la función de hoy, Manuel —he insistido un instante después, obligándome a mirarle—. Guille cree que si actúa en la función y canta y baila en público el número que él llama «de la palabra mágica», podrá salvar a Nazia de su suerte, y podrá salvarle a usted antes de que la pena y la tristeza se lo lleven, dejándole huérfano del todo.

Manuel ha vuelto a tragar saliva y ha empezado a balancearse otra vez.

—¿Huér... fano? —ha dicho con un hilo de voz.

Le he cogido del brazo, intentando sujetarle. Luego he alargado la mano hasta el montón de papeles que él seguía apretando contra su pecho y los he cogido.

—Amanda ya no está, Manuel —le he dicho, tirando de los papeles hacia mí.

Silencio.

—No va a volver.

Él me ha mirado, todavía aferrado a las hojas. He intentado quitárselas con suavidad, pero se ha resistido.

—No está, Manuel.

Un par de lágrimas le han caído despacio de los ojos, mientras yo seguía tirando de las hojas.

—Tiene que dejarla ir, Manuel —le he dicho con suavidad—. Hágalo por usted, y también por Guille.

Fuera, la lluvia caía con tanta fuerza que al otro

lado de la ventana no se veía nada, solo un manto de agua como una cortina gris. Tras unos segundos de forcejeo, Manuel por fin ha relajado la mano y poco a poco he conseguido arrancarle las hojas mientras las lágrimas empezaban a surcarle las mejillas en silencio, cayendo directamente sobre la mesa, y él iba llorando también en silencio, como un niño grande, hasta que he dejado las hojas encima de la mesa y le he rodeado con los brazos, poniéndole la cabeza sobre mi hombro para que por fin pudiera llorar tranquilo su pérdida.

* * *

Diez minutos más tarde seguía lloviendo. Manuel estaba más tranquilo y ya no lloraba. Había vuelto a sentarse y llevábamos un rato en silencio, escuchando el repiqueteo de la lluvia contra la ventana. He mirado mi reloj. Las doce menos cuarto.

—Ahora tengo que marcharme —le he dicho, poniéndole la mano en el hombro—. Le prometí a Guille que estaría cuando actuara en la función.

Él no se ha movido. Tenía la mirada baja.

—Si necesita algo, no dude en llamarme —le he dicho, cogiendo mi bolso y empezando a caminar hacia la puerta—. Ya tiene mi teléfono.

Cuando he llegado a la puerta, le he oído decir, muy bajo:

—¿Puedo… acompañarla?

Me he quedado donde estaba. Luego me he vuelto a mirarle.

—Claro.

Él ha sonreído. Ha sido una sonrisa triste, pero en sus ojos había una luz nueva. Más clara. Se ha levantado despacio y ha dicho:

—Si me da un momento para que me cambie…

—Por supuesto.

Cinco minutos después ha vuelto a aparecer. Se había lavado la cara y se había puesto unos vaqueros, una chaqueta de cuero y unas botas de montaña azules.

—¿Vamos? —ha dicho desde la puerta del comedor.

Me he levantado y le he seguido por el pasillo hasta el recibidor. Al llegar a la puerta de la calle, la ha abierto y se ha apartado a un lado para dejarme salir. Cuando iba a seguirme, se ha parado y se ha quedado mirando con la frente arrugada una bolsa de cuero blanco que estaba en el suelo, junto a un paragüero.

—¿Pasa algo? —le he preguntado desde el rellano. Mi reloj marcaba las doce menos cinco.

No me ha respondido enseguida. Unos segundos después se ha agachado sobre la bolsa y la ha abierto. Sin levantarse me ha mirado con cara de preocupación.

—Guille se ha confundido —ha dicho, negando despacio con la cabeza y enseñándome la pequeña falda de flores del disfraz de Mary Poppins que asomaba del interior de la bolsa—. Se ha llevado la mía.

# Guille

—PERO… ¿se puede saber dónde te habías metido?

La señorita Clara me tenía cogido por el brazo y me sacudía un poco, así, pero no mucho, y tenía los ojos llenos de luces rojas. En el escenario, los gemelos Rosón cantaban su número de Ricky Martin y ya estaban terminando porque cantaban otra vez lo de María, o sea, que enseguida me tocaba a mí.

—Es que he ido al baño de los mayores y como llovía tanto no podía salir porque no quería mojarme mucho, aunque creo que ahora a lo mejor ya no importa, ¿no?

La seño me ha mirado entonces con una O en la boca y ha dicho:

—Pero… pero… ¿y tú disfraz?

—Es que me lo he olvidado…

—Ay, Dios. —Se le ha puesto una ceja negra en la frente y ha dicho—: ¿Y Nazia? ¿Dónde se ha metido esa niña? —No he dicho nada—. ¿Guille?

—Está con la señorita Sonia.

—¿Con la señori…?

—Sí. A lo mejor están en el aeropuerto o a lo mejor no. Es que no lo sé, porque como iban en un coche de policía con sirena pero apagada, puede que no lleguen a tiempo y así no se casará con el hombre gordo del harén.

—Ay, señor. Pero, Guille —ha dicho, cogiéndome de la sudadera con la capucha negra de papá—, tú sabes que así no puedes salir a cantar, ¿verdad? —Ha dicho que no una y cuatro veces con la cabeza y también ha hecho «chtttt» con la lengua. Luego—: ¿Pero se puede saber de qué vas vestido? Si pareces un… un… rapero de esos de la calle.

Como yo no sabía lo que era un rapero, no he dicho nada y ella tampoco, pero es que no ha dado tiempo para más, porque en el escenario los gemelos Rosón han dado dos vueltas como de voltereta pero de pie, uno a la derecha y el otro a la izquierda, y han cantado: «Un, dos, tres, María» y se acabó porque en el público todos aplaudían mucho y sacaban fotos con los teléfonos, sobre todo su madre, que es de un pueblo que se llama Soria y que siempre que habla con papá dice: «Ay, nos gustaría tanto volver al pueblo, pero claro, los gemelos y el trabajo de José y mi suegra, y cuando vamos de vacaciones en verano nos cuesta tanto la vuelta…».

Entonces la seño me ha mirado despacio desde la cabeza hasta los pies como si buscara algo y la ceja de la frente se le ha puesto más gorda.

—Pero, Guille… ¡estás empapado!

—Un poco.

—¿Cómo que un poco? ¡Y esas chanclas! —ha dicho abriendo mucho los ojos—. ¡Vas a coger una pulmonía o algo, hijo!

Me he mirado los pies y me he acordado de que cuando volvía por el patio al salón de actos me he metido en algunos charcos porque llovía mucho y no veía bien, y como los pantalones de chándal de papá me quedaban tan grandes y los arrastraba, pues también se me habían manchado de barro y me pesaban mucho.

—Vamos a tener que suspender tu número, hijo —ha dicho la seño, poniendo la boca así, torcida—. No puedo dejar que salgas así.

Pero entonces los gemelos han vuelto desde el escenario por nuestro lado de las cortinas, y cuando la seño se ha girado para mirarlos, el señor Ramón, que es el señor que sale cuando se acaba un número y dice con el micrófono quién sale después, se ha puesto debajo del foco blanco y ha dicho:

—Y ahora quiero presentarles un número muy especial. —Se ha vuelto a mirar hacia nuestro lado y ha hecho así hacia arriba con el dedo gordo, como los americanos de las películas, y también nos ha guiñado un ojo—. ¡Con todos ustedes, desde los tejados del viejo Londres, llega la gran Mary Poppins y su amigo Bert, el deshollinador!

Todos han aplaudido mucho y un señor ha silbado y todo, y cuando la seño me ha soltado la capucha para coger a uno de los gemelos que se ha tropezado con una cuerda, he echado a correr con las chanclas mojadas y el chándal sucio hacia el foco blanco, y he corrido tanto que me he pasado de largo, pero solo un poco. Y cuando he intentado cogerme al barrote del micrófono, me he resbalado. Entonces todos se han callado mucho pero de repente.

Y alguien ha dicho: «¡Oh!».

Porque me he caído.

# María

MUY TARDE. Llegábamos muy tarde y desde el pasillo se oía música procedente del salón de actos. Hemos apretado el paso. Durante el trayecto en coche, Manuel Antúnez y yo prácticamente no habíamos hablado.

Él miraba por la ventanilla, viendo pasar a la gente mientras la lluvia arreciaba y la actividad volvía a la calle, pero no decía nada.

De repente, en un semáforo, ha dicho:

—Cómo he podido estar tan ciego...

Me ha mirado. Tenía una luz tan triste en los ojos que me he alegrado cuando el semáforo se ha puesto en verde y he podido arrancar.

—No se culpe, Manuel —le he dicho—. La vida le ha dado un golpe muy duro y cuando eso ocurre, cada uno intenta sobrevivir como puede.

Ha girado la cara hacia la ventanilla y después de un buen rato callado, ha murmurado:

—Solo espero que Guille pueda perdonarme.

He suspirando hondo antes de responder.

—Guille no tiene nada que perdonarle —le he dicho—. Le basta con tenerle. Con saber que está.

Él ha bajado la cabeza y no ha dicho nada más hasta el siguiente semáforo.

—Es un crack, ¿eh?

El comentario me ha pillado tan por sorpresa que no he sabido si había oído bien.

—¿Cómo dice?

—Guille. —Ha sonreído. Ha sido una sonrisa débil, pero sonrisa al fin y al cabo—. Que menudo crack está hecho.

No he podido evitar la risa.

—Es un niño extraordinario, sí.

—En eso ha salido a su madre.

Hemos parado delante de un paso de cebra para dejar pasar a una señora con dos niños pequeños que correteaban a su alrededor.

—Ahora solo le tiene a usted —le he dicho, antes de acelerar.

—Sí.

\* \* \*

Cuando llegábamos a la puerta del salón de actos, hemos oído la voz de un hombre procedente del interior. En un primer momento nos ha parecido que declamaba o que daba un discurso, aunque enseguida hemos entendido que estaba presentando algo en el escenario, porque hemos podido distinguir fragmentos sueltos de lo que decía: «... quiero... un número muy especial... Poppins y su... Bert». Despúes se ha hecho el silencio, hasta que justo en el momento en que hemos abierto la puerta se ha oído un «oh» entre el público y al fondo, en el escenario, hemos visto a Guille deslizándose sobre el suelo hasta caer de bruces junto al micrófono con un ruido sordo en la zona oscura del escenario.

A mi lado, Manuel Antúnez ha contenido un jadeo y enseguida ha dado un paso hacia delante, adentrándose en el pasillo, pero le he cogido del brazo a tiempo y él me ha mirado, extrañado.

—Espere —le he susurrado—. Espere.

Él se ha relajado y nos hemos quedado donde estábamos, junto a la puerta, a oscuras. En el escenario, Guille se ha levantado despacio y se ha adentrado en la zona de luz del foco. Entonces le hemos visto bien.

Y he tragado saliva.

Guille llevaba un jersey negro con capucha que le llegaba hasta las rodillas, un pantalón de chándal manchado de barro que arrastraba por el suelo y que parecía empapado y unas chanclas de ducha blancas, tan enormes que daban a sus pies un aspecto desproporcionadamente minúsculo.

—Es mi chándal —me ha dicho Manuel en voz muy baja, cerrando la mano sobre la bolsa de cuero blanca que llevaba en la mano.

—Tranquilo.

Ha apretado los dientes y ha seguido donde estaba sin apartar la mirada del escenario mientras Guille cogía el micrófono y se quedaba mirando al público sin decir nada.

Han pasado unos segundos en los que no se ha oído ni una mosca, solo alguna tos tensa y una carraspera dispersa. Por fin, Guille se ha llevado el micrófono a la boca.

—Es que... yo... —ha empezado con la voz temblorosa— tenía que cantar y bailar con Nazia, que es mi amiga, pero a lo mejor está en el aeropuerto o puede que en el avión porque tiene que casarse en Pakistán con su primo, que tiene treinta años o más y una fábrica donde caben muchas casas y hasta un harén, para que no sea azafata como mi madre. Y Nazia iba a ser Mary Poppins y yo su amigo Bert, pero ya no puede ser. Es que la castigaron porque lo dice el Corán, que es como la Biblia pero al revés, y entonces dije: «Pues si ella no puede, yo seré Mary Poppins, aunque sea un niño». Lo que pasa es que a papá no le gusta que me vista de mujer. A él le gustaría que jugara al rugby, pero a mí me da miedo la pelota y que se rían de mí, y me gusta más coger flores en el campo de atrás o también me gustaría bailar como Billy Elliot en la academia de la plaza, pero solo van niñas y a papá le da mucha vergüenza, por eso no se lo digo, bueno, por eso y también porque mi madre no está y él la echa tanto de menos que a veces, cuando no le veo, llora todo el rato y también le escribe cartas en una libreta, aunque como mamá vive en el fondo del mar me parece que no puede recibirlas porque no hay cartero, pero a lo mejor podemos probar metiéndolas en una botella como los piratas para que le lleguen al país de los sirenos, que es donde van las madres cuando desaparecen sin avisar, aunque puede que no, y ya está.

Guille se ha callado y se ha quedado con el micrófono pegado a la boca y la cabeza gacha como si pensara mientras en el público no se oía ni un suspiro. A mi lado, en la oscuridad, Manuel Antúnez le miraba sin pestañear mientras de sus ojos volvían a caer unas lágrimas finas que casi no he llegado a ver. Él no se ha girado. Cuando le he apretado el brazo, se ha encogido un poco, nada más. Luego Guille ha vuelto a hablar:

—Pues quería cantar con Bert la canción de Supercalifragilisticoespialidoso, la de las escobas y los deshollinadores, porque cuando conocí a Mary Poppins me dijo que esa era la palabra mágica que se dice cuando todo está un poco mal y necesitamos ayuda. Y lo que pasa es que Nazia necesita mucha ayuda para que no la metan en el harén, y papá también, porque tiene a mamá en una caja encima del armario para que no se vaya, aunque mamá ya se ha ido, y a lo mejor con la palabra mágica ella me oye y viene a despedirse de papá como el día de la estación, pero sin que estén enfadados, y así él ya no llorará más y no se pondrá enfermo ni se morirá. Por eso quería cantar mi número. Y cuando he salido de casa me he equivocado de bolsa y he cogido la del gimnasio de papá y luego tenía mucho pis y no me he podido aguantar, así que me he mojado y me he puesto su ropa, que me queda muy grande y también está mojada por culpa de la lluvia. Y a lo mejor por eso no puedo cantar y me gustaría mucho, aunque me da un poco de vergüenza, pero bueno… y creo que ahora sí está.

De nuevo se ha hecho un silencio sepulcral. Esta vez, Manuel Antúnez no ha esperado a mi lado. Ha echado a andar pasillo abajo hacia el escenario con la gran luz de escena reflejada en su cara mojada y la bolsa en una mano, mientras las cabezas iban girándose a su paso y Guille entrecerraba los ojos, deslumbrado por el gran foco, intentando ver.

Hasta que por fin Manuel ha llegado al escenario y ha subido despacio por la escalera central. Luego se ha acercado a Guille y se ha quedado plantado junto a él.

Se han mirado. Padre e hijo se han mirado y Guille ha esbozado una sonrisa pequeña y encogida, como de disculpa.

—Es que… —ha dicho.

Manuel Antúnez se ha secado la cara y la nariz con el dorso de la mano. Después se ha puesto de rodillas junto a Guille, ha abierto la bolsa y le ha dicho.

—Ven, hijo. Deja que te ayude.

Guille le ha mirado sin saber qué hacer y Manuel le ha levantado los brazos y le ha quitado con suavidad el jersey por la cabeza. Después le ha levantado los pies y le ha quitado las chanclas y los pantalones de chándal, dejándole desnudo mientras de la bolsa sacaba una toalla con la que le ha ido secando las piernas, el pecho y el pelo, sin que Guille dijera una sola palabra, padre e hijo mirándose en medio de un silencio absoluto, como si el escenario, el público y el teatro no existieran, o como si el mundo fueran ellos dos solos.

Ni una tos. Ni un susurro. Nada.

Hasta que Manuel ha terminado de secarle y ha sacado unos calzoncillos de la bolsa. En cuanto se los ha puesto, ha cogido una falda de flores y también se la ha puesto. Luego han seguido una blusa blanca y una chaqueta larga, los botines de tacón, que le ha atado con cuidado, el sombrero de paja con una flor de plástico y un paraguas plegable de color verde pistacho.

Por último, del bolsillo lateral de la bolsa ha cogido un pequeño neceser transparente que ha dejado en el suelo. Lo ha abierto y, de espaldas al público, ha empezado a maquillar a Guille: primero los ojos y después los mofletes, los labios y por último las cejas, todo con un cuidado tan exquisito que no había una sola mirada en la sala que no estuviera puesta en ellos. Nadie se movía. Desde el exterior llegaba el repiqueteo de la lluvia, ya más débil, y un trueno lejano se ha oído al fondo.

A mi lado, Cristina, la tutora de quinto, ha bajado la cabeza y disimuladamente se ha sonado, y más allá, junto a uno de los ventanales, un padre ha carraspeado y se ha vuelto hacia la cortina.

Y en el escenario, mientras Manuel Antúnez terminaba de peinarle para ponerle el sombrero, Guille ha levantado el brazo y le ha puesto la mano en el hombro. Manuel se ha quedado con el peine en alto y el aire del teatro se ha vuelto casi eléctrico.

—Papá —ha empezado con decisión—: si mamá ya no vuelve, ¿a lo mejor ahora tú ya no te morirás? —ha dicho con una sonrisa tan tímida que he tenido que tragar saliva en la oscuridad del fondo del teatro.

Manuel ha sonreído. Le temblaba la boca.

—Claro que no, hijo. Yo no me voy a morir nunca.

Guille ha inclinado la cabeza a un lado.

—¿Como Mary Poppins?

Manuel ha tragado un par de veces y ha cerrado muy fuerte los ojos.

—Eso —ha dicho en voz baja—. Como Mary Poppins.

Guille ha sonreído, esta vez sí.

—Vale.

Entonces Manuel le ha dicho:

—¿Te pongo el sombrero?

Guille ha arrugado la frente.

—¿A ti te cabe?

Manuel ha vuelto a cerrar los ojos durante un momento. Luego se ha puesto el sombrero, que le quedaba pequeño. Aun así, no se lo ha quitado.

Guille se ha echado a reír.

—¿Quieres cantar, hijo? —le ha dicho Manuel, pasándole la mano por el pelo.

Guille ha vuelto a reírse al verle con el sombrero puesto. Luego ha bajado la mano y ha buscado la de Manuel.

—No —ha dicho, negando con la cabeza—. Prefiero una pizza en el restaurante del señor Emilio y una Coca-Cola normal. ¿Podría ser?

Manuel se ha reído también y le ha dado la mano, levantándose.

—Y hasta un helado de vainilla, si quieres.

Y entonces, cogidos de la mano, han bajado lentamente la escalera del escenario y han emprendido despacio, muy despacio, el camino por el pasillo hacia la puerta, Manuel con su pequeño sombrero de paja y la flor de plástico en la cabeza y Guille como una Mary Poppins en miniatura, ajenos los dos a todas las miradas. Manuel miraba a Guille y Guille iba saludando a la gente con la mano que tenía libre como un actor a su público, o como una pequeña

Mary Poppins despidiéndose de un mundo que solo ella conocía.

Cuando han llegado a la puerta, se han parado a mi lado y se han vuelto a mirarme. Guille le ha soltado la mano a Manuel y ha venido hacia mí. Me he agachado para quedar a su altura y él me ha sonreído.

—¿Quiere venir con nosotros a comer pizza, seño? —me ha dicho.

He negado con la cabeza.

—No, Guille, gracias. —Le he acariciado la mejilla y él se ha reído—. Todavía tengo muchas cosas que hacer.

—Bueno.

Nos hemos quedado callados los dos, mirándonos. Él ha inclinado la cabeza y ha dicho con una voz un poco temblorosa:

—Se va a marchar, ¿verdad? —La pregunta me ha pillado tan por sorpresa que no he podido responder enseguida—. Es que cuando volvía corriendo del lavabo he pasado al lado de la fuente y el gallo de la veleta señalaba hacia el norte.

He sentido un nudo en la garganta y he querido sonreír, aunque no he podido.

—¿A lo mejor podría quedarse un poco más? —ha dicho, bajando la mirada.

El nudo en la garganta me ha subido hasta la boca y he sentido que me ardían los ojos hasta que he parpadeado unas cuantas veces.

Entonces él se ha acercado despacio y me ha rodeado el cuello con sus brazos, envolviéndome con su olor a maquillaje, a sudor de niño y a calor cansado, y yo le he abrazado contra mí, apretándole fuerte, muy fuerte, durante unos segundos en los que he llegado a oír su corazón palpitando contra el mío.

He inspirado hondo su olor hasta que él se ha movido entre mis brazos. Cuando le he soltado y creía que iba a apartarse, me ha pegado la boca al oído y muy bajito, casi en susurro, me ha dicho, deteniéndose en cada sílaba, como si me contara un secreto muy importante que yo no debía olvidar:

—Su-per-ca-li-fra-gi-lis-ti-co-es-pia-li-do-sa.

Luego me ha guiñado un ojo, me ha dado un beso en la mejilla y, muy despacio, ha vuelto al lado de su padre.

Manuel Antúnez le ha puesto la mano en el hombro y, alzando la vista hacia mí, ha dicho:

—Gracias, María.

Sin levantarme, he vuelto a tragar saliva y he sonreído. Él también.

Luego ha acariciado a Guille en la cabeza y le ha dicho:

—¿Vamos, crack?

Guille se ha reído, encantado, y ha dicho que sí con la cabeza. Entonces los dos han dado media vuelta, han salido al pasillo y han empezado a alejarse de la mano hacia la puerta de entrada del colegio, enmarcando sus siluetas negras contra la luz que entraba a raudales por los cristales.

A la derecha, una figura alta y desgarbada, con un sombrero de paja y una flor encima. A la izquierda, otra muy pequeña, con falda y botines, moviéndose despacio hacia la luz como las dos partes de una misma mujer.

# AGRADECIMIENTOS

Quiero dar las gracias a Claudina Jové, por haberme ayudado a recuperar a Guille y haberlo sacado a la luz; a Pilar Argudo, por buena amiga y gran profesional; a Silvia Valls, por la ilusión, la fe y la ayuda; a Quique Comyn, porque no podías faltar; a Menchu, que son años; a Iolanda Batallé, por apostar; a Sandra Bruna, claro; a Antonio Fontana, a Nuria Azancot y a Braulio Ortiz, cómo no; a Ricard Ruiz-Garzón, Álvaro Colomer y May Revilla, porque el tiempo se vive estando y estáis desde hace tiempo; a Elena Palacios, por la fe; a mi gente de Facebook, por vuestra generosidad, por inspirarme tanto y porque sin vosotros/as no habría llegado hasta aquí como lo he hecho; y sobre todo a los libreros, libreras, bibliotecarios, bibliotecarias y bloggers (ellas y ellos) que os habéis ido sumando poco a poco a esta aventura mía, porque me lleváis en volandas a destinos cada vez mejores.

Y a quienes hacéis que escribir siga siendo una parte fundamental de lo que me gusta compartir con el mundo a diario.

Alejandro Palomas (Barcelona, 1967). Es licenciado en Filología Inglesa y Master in Poetics por el New College de San Francisco. Ha compaginado sus incursiones en el mundo del periodismo con la traducción de importantes autores. Entre otras, ha publicado las novelas *El tiempo del corazón* (Siruela, por la que fue nombrado Nuevo Talento Fnac), *El secreto de los Hoffman* (finalista del Premio de Novela Ciudad de Torrevieja 2008 y adaptada al teatro en 2009), *El alma del mundo* (finalista del Premio Primavera 2011), *El tiempo que nos une*, *Una madre* y *Un perro*. Su obra ha sido traducida a diez lenguas.

facebook.com/Avenidadeladesazon11
twitter.com/Palomas_Alejan

Guille nos ha llegado.

Lo que queremos decir es que la primera vez que oímos su voz, algo pasó. Quizá estábamos necesitados de conocer a un niño como él. O puede que buscáramos un personaje desvalido, silencioso, escondido e inocente para poder crecernos y hacer de adultos protectores.

Pero no. Lo que nos llegó, lo que nos tocó, fue el destello de algo venidero; una premonición. Que no íbamos a acompañar a Guille, sino que él nos acompañaría a nosotros. Que él nos descubriría desnudos, como el niño y el traje del emperador... Y el viaje ha sido catártico. Y tierno. Y era una obligación compartirlo desde la editorial. No haberlo hecho nos habría acompañado siempre como la mirada de un niño herido.